者の孫
14
栄耀栄華の新世界

「シシリー、ごめんね」

「いいよ。マリアがこういうところ苦手なの知ってるし。ちょっと引っ付きすぎだとは思うけどね」

「うう……しょうがないじゃない……」

シシリーがチクリと指摘するとマリアは涙目になって抗議してきた。

「あの、シシリーさん？」

「はい？」

「なんで腕を掴んでいるんでしょうか？」

「妻が夫の腕を掴んでいてはいけないのですか？」

シシリーはプクッと頬を膨らませた。

マリア=フォン=メッシーナ
シシリー=ウォルフォード

オリビア=ストーン

賢者の孫14

栄耀栄華の新世界

吉岡 剛

FB
ファミ通文庫

イラスト／菊池政治

賢者の孫 14

Contents

序章

竜の大繁殖《だいはんしょく》という、西方諸国では絶対にありえないような騒動と、ハオによる国家転覆の計画を阻止《そし》したアルティメット・マジシャンズは、ミン家で久々の自由な時間を満喫していた。

そんな中、ほとんどの人間が選んだ行動が、クワンロンの首都イーロンの観光である。

シンたちの住む西方諸国とは様式の異なる建物、魔石が豊富に産出されることで発展している魔道具、独自の食文化など、見るものは数えきれないほどあり、毎日外出しても観光しきれないほどであった。

だが、如何《いかん》せんここは言葉も通じないクワンロン。

通訳ができるのがシャオリンとリーファンの二人しかいないことで、観光に出られる回数も限られていた。

しかも、イーロンを見て回りたいのはアルティメット・マジシャンズたちだけではない。

エルス使節団も、今後の交易に備えてイーロンの市場調査をしたいと希望していた。

そうなると、ますます順番が回ってこない。

そんな状況なので、ミン家にて暇を持て余していたのだが、それならばとトニーがある提案をした。

前文明の遺跡を見てみたいと言い出したのである。

これならば全員で見に行けるし、なにより都市伝説大好きなトニーは、そういう理由でなくても前文明の遺跡が見たかった。

その意見は満場一致で可決され、アルティメット・マジシャンズ全員で前文明の遺跡観光に赴《おもむ》くことになったのだった。

第一章 トレジャーハント？ いえ、ただの観光です

トニーが遺跡調査をしたいと言った翌日に、俺たちは早速遺跡に行ってみることにした。

着替えや食糧など、探索に必要なものはほぼ異空間収納の中に入っている。

なのでこういう時に素早く動ける。

こういうところが異空間収納の恩恵《おんけい》だよな。

それに、早く動いたのには訳もある。

今は合意文書を作成しているところなのだが、それが出来上がってしまうとシャオリンさんとリーファンさんはその翻訳《ほんやく》作業《さぎょう》に駆り出されてしまう。

その前に行くしかなかったのだ。

クワンロンの首都イーロンの城壁を出た俺たちは、飛行艇《ひこうてい》に乗り込み遺跡を目指した。

「ところでシャオリンさん、遺跡の場所って砂漠地帯でいいんですか？」

操縦士さんたちはミン家に置いてきたので、俺が操縦することになる。

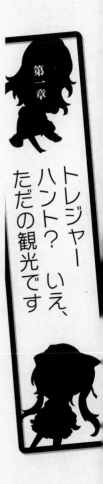

なので行きに見た遺跡でいいのか聞いてみると、シャオリンさんは首を横に振った。

「いえ、今回は近場に行きましょう。首都からそう離れていない場所にも遺跡はあるんですよ」

「へえ、そうなんですか」

「はい。この森のこの辺りですね」

シャオリンさんは俺に地図を見せ、ある地点を指差した。

「本当に近いんですね」

シャオリンさんの示した地点は、飛行艇ならすぐに到着する場所だった。

しかし、先日の話ならハオがレールガンを発掘したのは砂漠地帯の遺跡だったはず。

さすがにそこには行かせたくないのだろうか？

そう思ったのだが、シャオリンさんは予想とは違うことを言った。

「ええ、ここなら管理も行き届いていますし、魔物が入り込んだりもしていませんから」

ああ、なるほど。

放置されている遺跡には魔物が巣くっている可能性があるのか。

その点、首都に近い遺跡はその辺の管理が十分にされていると。

「観光地にもなっていますから、魔物が入り込む余地《よち》はありませんのでご安心ください」

シャオリンさんがにこやかにそう言うと、アリスが不満の声をあげた。

「ええ？　あたしたちなら魔物なんて全然問題ないのに」

そう言うアリスに、シャオリンさんはちょっと困ったような顔をした。

やっぱり、俺たちを未踏破の遺跡には入れたくないのだろうか？

「それは知っていますけど、今回は遺跡を見てみたいのですよね？　魔物が巣くってしまっている遺跡だとゆっくり見ている時間がないのではと思ったのですが……」

「あー、それもそうかあ」

今回の遺跡を選んだのはシャオリンさんの気遣いのようだ。

確かに、魔物を討伐しながらだとゆっくり観光できないしな。

「そうだねえ。僕も興味があるのは前文明の遺跡であって魔物じゃないからねえ。ゆっくり見られる方が嬉しいかな」

言い出しっぺのトニーもそれでいいようだ。

俺としては、前文明の魔道具とか見てみたかったんだけど……。

今回はシャオリンさんが同行しているし、それは避けた方がいいかな。

なんと言うか、シャオリンさんって真面目《まじめ》なんだよな。

真面目すぎて融通が利《き》かない感じ。

俺が前文明の魔道具に使われている文字と同じ文字を使っているから、メッチャ警戒してるのが伝わってくる。

普段はそういう警戒心を面《おもて》に出さず普通に接してくれているけど、時折そういう態度が表れる。

レールガンを見たときがそうだ。

一応、そういうつもりはありませんよとアピールしてきたつもりだし、シャオリンさんもそれを受け入れてくれていると思っているけど、根っ子の部分ではまだ信用しきれていないいんだろうな。

まあ、それもしょうがないか。

なんせ、まだ知り合って数ヶ月。

全幅の信頼を置く関係になるには期間が短すぎる。

そんな短期間で相手の事を絶対に信用しますなんて俺だって言えない。

そんなことを言うのは詐欺師《さぎし》くらいのもんだろう。

なので、俺たちとシャオリンさんの仲は表面的な信頼関係で成り立っている。

まあ、世の中そんなもんだろうとも思う。

なので、わざわざ波風立てる必要もないし、俺はシャオリンさんの案内する遺跡を目指して飛行艇を飛ばした。

「うまいこと躱《かわ》されたな」

シャオリンさんが下がり、皆と話をし始めると今度はやはり心配だからと付いてきたオーグが操縦席にやってきた。

「まあ、まだ信用しきれてないんだろ。この短期間じゃしょうがねえよ」

「それはそうなのだろうが、こういう態度を取られるのはあまりいい気はしないな」

オーグは不機嫌そうにそう言った。

「なんだよ。オーグが態度に出すなんて珍しいな」

俺が茶化《ちゃか》すようにそう言うと、オーグは少し険《けわ》しい顔をした。

「まあ状況を考えれば、あまり詳しい内容を見せたくないというシャオリン殿の態度は当然なのだが……どうにも不愉快《ふゆかい》でな」

「ふーん」

俺はそう返事すると操縦に集中した。

そろそろシャオリンさんが示した場所に近いから見落とさないようによく見ないとな。

そうして外の景色に集中していると、一緒にいたトールがなにかを呟《つぶや》いた。

「……素直に……」

「トール、なにか言ったか？」

「いえ？　別に」

「？」

俺から遠いし、声も小さかったし、操縦に集中していたので聞き取れなかった。

なにを言ったんだろ。

トールとユリウスはニヤニヤしてるし、オーグは二人を睨《にら》んでる。

ああ、なんかトールがオーグを揶揄《からか》うようなことを言ったんだな。

まあ、仲がいいようでなによりだ。

それよりも、なんか見えてきた。

「シャオリンさん、あれですか？」

俺がシャオリンさんを呼ぶと、シャオリンさんは操縦席に来て外を確認した。

「あ、そうです。あそこです」

見えてきたのは、四角い穴が沢山開いた巨大な四角い石が斜《なな》めに地面から突き出している光景。

その近くに、クワンロン様式とでもいうべき建物が立っている。

「あれが首都から一番近くにある遺跡です。手前にあるのが管理事務所なので、その前に着陸しましょう」

シャオリンさんの誘導で飛行艇を着陸させる。

飛行艇から降りた俺たちは、上空から見た四角い石を見上げた。

「上空からでも大きいと思ったけど、間近で見るとすごいねえ……」

一番興味がありそうなトニーがそう呟くと、皆も同意するように頷《うなず》いた。

そして、まじまじと観察していたオーグは、呆然《ぼうぜん》とした顔をして再度石を見上げた。

「信じられんが……確かにこれは……人工物だ」

砂漠地帯で見たときに確信していたけど、実際に見るとその大きさに圧倒されるな。

そう、俺たちが見たのは……。

倒壊した高層ビルの一部だった。

この大きさから言って、これは多分相当な高層ビルだと思う。

三十階以上はありそうだし、百メートルはゆうに超えるだろう。

それにしても、前文明に前世の記憶持ちがいたのは間違いないだろうけど、建設業に携《たずさ》わっていた人だったのだろうか？

でないと超高層ビルなんて素人《しろうと》が建てても倒壊する未来しか見えない。

皆はそのビルの大きさに圧倒されて声が出ない様子だったけど、俺はこれを建てた人のことが気になって無言になっていた。

するとうしろからシャオリンさんに声をかけられた。

「驚きましたか？　これが前文明の遺跡とされるモノです。恐らく建物であったと思われますが、それがどれくらいの高さだったのか、またどうやって造られたのか、未《いま》だに想像の域《いき》を出ないのです」

ビルを見上げてそう言うシャオリンさんは、ちょっと誇らしげだ。

「残念ながら丸ごと原形を留めている建物はないのですが、一部だけでも凄《すご》いでしょう？」

「本当だねえ……これを見ただけでも前文明が超技術を持っていたのが分かるよ」

トニーはそう言うと、ビルをしげしげと見て回り始めた。

皆もそれにつられて一緒に見て回る。

「……これは自然の石をくり貫《ぬ》いているのか？　それとも……」

「人工物だな、これ」

オーグの呟きに俺が答えると、オーグとシャオリンさんが俺を見た。

「……なぜ、そう思われるのでしょうか？」

わあ、シャオリンさんが警戒心剝き出しだ。

ハオや竜に関しては協力的だったのに、前文明のことに関しては警戒を解いてくれないなあ。

とはいえ、変に誤魔化《ごまか》すと余計警戒されると思ったので、人工物だと断じた理由を説明する。

「なんでって、石の中になんか入ってるじゃん。あれ、強度を補強するものでしょ？　そんなものが自然界にあんの？」

俺がそう言うと、シャオリンさんとリーファンさんを除く皆はもう一度建物をまじまじと見つめた。

「ホントだ。シンの言うとおり、石の中に何か入ってる」

「シャオリンさん！　あれ、触ってもいいんスか⁉」

確認したマリアが納得するように呟くと、マークがシャオリンさんに触ってもいいか訊《たず》ねた。

「え？　ええ。構いませんよ」

「アザーッス！」

許可をもらったマークは、ビルに向かって走り出した。

「ああ！　マークずるいぃ！」

それを見たユーリも後を追う。

そうなると自然と皆でビルの側まで行くことになった。

「へえ……これ鉄ッスね」

倒壊し剝《む》き出《だ》しになっていたのは鉄骨。

そらそうだ。

高層ビルを建てるのに鉄骨入りじゃないなんて危なすぎる。

「あぁ、そっかぁ。この形に加工することで強度を上げてるのねぇ」

鉄骨はただのまっすぐな鉄の棒じゃなく、断面がH形をしている。

こうすることでより強度を上げているのだ。

「あ！　なんか糸屑《いとくず》みたいなのが出てると思ったら、これも鉄だよ！」

アリスが、鉄骨よりも細い鉄があることに気付いた。

鉄筋だな。

「これでさらに強度を上げているのか……ここまで強度を上げるなど、どれほど巨大な建造物だったのか……」

オーグが鉄骨と鉄筋で補強されたビルを見て、思わずといった感じで呟いた。

「我が国の王城も堅牢《けんろう》な造りだと思っていたのだが、これはそれ以上だな」

「ということは、王城も同じ技術を使えばもっと大きくできるということですか？」

シシリーがそう言うと、オーグだけでなくマークとユーリも首を横に振った。

「我が国でも同じような建材はあるにはあるが……」

「これは強度そのものが違うッスね」

「どうやったら、こんなに硬くできるのかしらぁ？」

ユーリはそう言うと、ビルの外壁をコンコンと叩いた。

この世界にもコンクリートはあるし、一般家庭から王城まで幅広く使用されている。

けど、このビルに使われているコンクリートはそれとは比べ物にならないくらいの強度を持っている。

つまり、これと同じように鉄骨や鉄筋を使用したとしても同じような強度は得られないということになる。

「だが、この工法は素晴《すば》らしいな。これを取り入れればこの建造物ほどではないにしろ今より大きな建造物を造ることができるし、強度も増す」

「ですね。後は、より強固な建材を開発することができれば、これに匹敵《ひってき》する建物も造れるはずです」

「ここに完成形があるのだから、造れるはずよねぇ」

これから国を治めていく王太子とうちの技術者組の二人が熱心に話し合っている。

オーグは、街を強固に作り替えられるかもしれない可能性を見出だしてそこに思いを馳《は》せているし、マークとユーリは単純に新しい技術に興奮しているようだ。

ただなあ……。

「あの……そろそろ行きませんか？　まだ遺跡の入り口にすら入っていないので……」

遠慮がちなシャオリンさんの言葉にハッと我に返る三人。

そう。

ここ、まだ入り口の前なんだよね。

「そうッスね！　入り口に入る前からこれなら、中に入ったらもっと凄い技術があるはずッス！」

マークはそう言うと、真っ先に遺跡の入り口を通って中に入ってしまった。

「ズルいよマーク！　私も行くぅ！」

「ちょ、置いてかないでよ二人とも！」

走り去って行ったマークを追ってユーリとオリビアも遺跡の中に入って行った。

「僕が行きたいって言ったんだけどなあ」

自分より興奮してしまっているマークとユーリを見て、トニーが苦笑を浮かべている。

トニーは、単純な好奇心で遺跡を見たがっただけだもんな。

ただ、前文明の超技術を目の当たりにした技術者には敵《かな》わないということかな。

「まあ、俺たちはゆっくり観光しようよ。技術的なことはあの二人に任せてさ」

俺がそう言うと、皆から変な目で見られた。

なんだよ？

「いや……こういうのはアンタが一番食い付くと思ったんだけど……」

「意外と冷静ですね」

マリアとシシリーからそんなことを言われた。

え？　俺、あんな風になると思われてたの？

そう思って周りを見ると、頷かれた。

マジか。

皆のあまりな評価に衝撃を受けていると、アリスとリンがとんでもないことを言いやがった。

「もしかしてあれ？　シン君、もう知ってるとか？」

「やっぱり、ウォルフォード君は前文明時代の記憶持ちの疑惑あり」

「はあ⁉」

今ここでその話題を蒸し返すのかよ！

俺の中ではもう誤魔化せた話だと思ってたのに。

そう思ってシャオリンさんを見てみると……。

彼女は、明らかに疑惑の目で俺を見ていた。

なんも誤魔化せてなかったのね。

「ま、まあ、そういう冗談はさておき、俺たちも中に入ろうぜ。調査員の人を置いて三人は中に入っちゃったし」

「あ！　そ、そうでした！　『すぐに入りましょう！』」

最後の言葉は調査員の人に言ったんだろうな。

シャオリンさんと一緒に慌《あわ》てて遺跡の中に入って行った。

真面目な委員長気質とでも言えばいいのか、シャオリンさんはこういう規律違反を許せない気質なんだろう。

それをうまいこと利用できた。

とりあえずシャオリンさんの疑惑の目から逃れられてホッとしていると、オーグが隣にやって来た。

「で？　本当のところはどうなんだ？」

周りに聞こえない程度の小さい声でそう言った。

「ほ、本当のところ？」

ホッとしたところで不意を突かれたからか、思わず噛んでしまった。

ヤバイ。

変な疑惑を持たせたかもしれない。

そう思って冷や汗を掻《か》いていると、オーグはフッと笑った。

「まあいいか。それより、私たちも中に入ろう」

「あ、ああ。そうだな」

よかった……。

なんとか追及を止めてくれた。

そう思ってホッと息を吐き、俺も遺跡の中に入って行った。

遺跡の中という言い方をしたけど、遺跡は土に埋もれている状態。

その土を掘って通路にしているだけで、遺跡となっている街並みが地下に作られているわけではない。

所々補強されている通路を進んでいく。

通路には魔石を使用したと思われる照明が設置されているので、十分な明るさが確保されている。

通路はいくつかの分岐《ぶんき》に分かれていたが、矢印が書かれた看板が設置されており迷うことはなかった。

観光地になってるって言ってたしな、観光客が迷わないような配慮なんだろう。

順路でない通路はなんだろうな？

発掘の時に掘った通路なんだろうか。

そんなことを思いながら歩いていると、隣を歩いているシシリーがポツリと呟いた。

「随分《ずいぶん》と長い通路ですね」

通路はずっと下り坂で、地下に向かっているのだが一向に目的地に着かない。

大分地下に潜ってきたので、不安になってきたんだろうな。

俺の左腕をギュッと摑《つか》み、ピッタリとくっ付いている。

普段だったらシシリーを慰《なぐさ》めつつイチャイチャしながら歩くんだけど、今はそうはいかない。

なぜなら……。

「さ、さっきの建物って、この地下から突き出してるのよね？　どんだけデカいのよ……っていうか、どこまで続いてんのよ……」

マリアが一緒にいるからだ。

それも、俺の右腕を掴みシシリーと同じようにピッタリとくっ付きながら……。

「マリア、くっ付きすぎだよ？」

左側から聞こえてくるシシリーの声が冷たい。

……左腕も冷たい……。

「い、今は大目に見てよ！　私をこんな場所で一人にさせる気⁉」

「いや……一人で置いていくなんてしないから」

「そんなことしたら一生許さないからね‼」

「はぁ、もう……しょうがないなあ。通路が終わるまでだよ？」

「わ、分かってるわよ」

マリアのあまりにも必死な様子に、シシリーが折れた。

この通路、照明が設置されているとはいえやっぱり薄暗い。

そして狭い。

幽霊とかお化けとかが大嫌いなマリアにとって、この通路を一人で歩けというのは拷《ごう》問《もん》だろう。

最初は適切な距離を保っていたマリアだったが、通路を進むにつれて距離が近くなり、ついには俺の腕を摑んできた。

シシリーはそれに対抗した形。

いつものシシリーだったら強引にでも俺とマリアを離そうとするんだろうけど、マリアはシシリーの大親友。

幼い頃からずっと一緒なので、マリアがこういう雰囲気を大の苦手としていることも知っている。

とにかく何かにしがみついていたいというだけなので大目に見ているようだ。

そうしてしばらく歩いていると、分岐のところでなにかを話し合っているアリスとリン、それにトニーと合流した。

「なにやってんの？」

俺がそう聞くとようやく気付いたアリスたちが俺の方を見た。

そしてキョトンとした顔をして言った。

「シン君、マリアを愛人にしたの？」

「してません！」

「なりません！」

「あはは……」

とんでもない誤解をしているアリスに、俺とマリアが同時に否定した。

事情を知っているシシリーは苦笑いだ。

「あー、なるほど。ここ、薄暗いもんね」

「そ、それより、アンタたちはこんなとこでなにしてんのよ⁉」

アリスも事情を察したようで、なんとか納得してくれた。

マリアはそれを見抜かれたのが恥ずかしかったのか、大声をあげることで話題を強引に転換した。

俺の右腕を掴みながら。

……皆と合流しても腕は離さないのね。

「それがねえ、アリスたちがこっちに行ったらなにがあるのか興味を持っちゃってねえ」

トニーのその言葉で全てを察した。

「……順路外に行こうとするアリスとリンをトニーが止めてたと」

「その通り」

トニーがヤレヤレといった感じで肩を竦《すく》めながら肯定した。

まったく、この二人は相変わらずだな。

「だって！　シン君も気にならない？」

「興味が抑えられない」

「そういうのはシャオリンさんか調査員の許可が下りないと駄目だろ。もしかしたら重要なものとかあるかもしれないし」

「「だからこそ見たい‼」」

「駄目です！　まずは順路通りに行こうよ」

「「ぶぅ」」

アリスとリンが膨《ふく》れっ面《つら》をしているけど、ここは他国の遺跡。

勝手なことをしたら国際問題になるかもしれない。

それに、委員長気質のシャオリンさんが許さないだろうな。

「ほら、行くぞ」

いまだに膨れっ面をしているアリスとリンに声をかけて、俺たちは順路通りに通路を進み始めた。

……のだが。

「マリア？　まだ怖いのか？」

「え？」

アリスたちも加わって六人になり、かなり賑やかになったのにマリアがまだ右腕にくっ付いていた。

「あ！　ご、ごめん」

マリアは自分が俺の右腕を摑んでくっ付いていることに気付いていなかったのか、俺の言葉にハッとすると慌てて俺から離れた。

「もう大丈夫。ありがとね、シン」

「いや、気にしなくていいよ」

「シシリーも、ごめんね」

「いいよ。マリアがこういうところ苦手なの知ってるし。ちょっとくっ付きすぎだったとは思うけどね」

「うう……しょうがないじゃない……」

シシリーがチクリと指摘するとマリアは涙目になって抗議してきた。

とはいえ、人数が増えたことでマリアの不安は大分解消されたようで俺から離れても普通に話せるようになった。

ということで六人で行動を開始したのだが……。

「あの、シシリーさん？」

「はい？」

「なんでまだ腕を摑んでいるんでしょうか？」

マリアは離れたのにシシリーはまだくっ付いたまま。

あれ？

マリアに対抗してたんだから、マリアが離れたらもういいのでは？

そう思って訊ねたのだが、シシリーはプクッと頬《ほお》を膨らませた。

「妻が夫の腕を摑んでいてはいけないのですか？」

「いけなくありません」

うん、まったく問題なしだ。

俺は左腕にシシリーをくっ付けたまま通路を歩き始めた。

「くっそ……こんなとこでまでイチャイチャしやがって……けど切っ掛け作ったのは私だし……ぐぬぅ」

俺から離れたマリアがぐぬぬって顔をしている。

最初にくっ付いてきたのはマリアだもんな。

俺とシシリーがくっ付いていてもなにも文句は言えないか。

先頭をアリスとリン、その後ろをトニーとマリア、最後尾に俺たちという隊列で通路を進んでいく。

いくつかの分岐を過ぎたとき、通路の先が途切れているのが見えた。

「あ！　ようやく終わったよ！」

「長かった」

長い通路の終わりが見えたことでアリスとリンが駆け出して行った。

「ちょ、ちょっと待ってよ！　私も行くから！」

早くこの狭く薄暗い通路から脱出したかったらしいマリアもその後ろに続いていく。

「ようやく遺跡に着いたようだね。いやあ、楽しみだなあ」

駆け出して行くアリス、リン、マリアを見ながらトニーが呟く。

「なんだ、てっきりトニーも駆け出して行くかと思った」

「まあ、走らなくったって遺跡は逃げないからねえ。ゆっくり観察しながら行くことにするよ」

トニーは早く見たいというより、じっくりと観察したいらしい。

「それにしても、トニーがこういう古代遺跡とか好きだなんて本当に意外だわ」

「そうですね。トニーさんは新しいものとか煌《きら》びやかなものとかが好きなんだと思ってました」

「俺もそう思ってた」

トニーって、女性関係はリリアさんと付き合い出したことで落ち着いたけどやっぱりチャラチャラしてるイメージは抜けない。

実際身に付けてるアクセサリーとか私服とかも王都の流行のものだったりするしな。

だからこそ、眉唾物《まゆつばもの》の都市伝説とかが好きだなんて意外もいいところだ。

「あはは、僕の部屋に来たリリアにも同じこと言われたよ。僕の部屋、都市伝説系の雑誌とかいっぱいあるからねえ」

「そういや、そういうの読んでるって言ってたな」

「本当に意外です」

「そう？　まあ、本気で信じてるわけじゃないけどね。荒唐無稽《こうとうむけい》な推測《すいそく》とか、読んでて面白いよ」

「それはまあ、分かる」

「そういえば、シン君もたまに読んでますよね。その手の雑誌」

「そうなのかい？」

シシリーの何気ない言葉にトニーが食いついてきた。

「なんだい、そうならそうと言ってくれれば良かったのに！」

同好の士を見つけたと感じたのか、トニーが凄く嬉しそうな顔で俺に迫ってきた。

うわ、これ絶対面倒臭いやつだ……。

「今月の特集はどうだった？　僕としては……」

「あ、あの、トニーさん」

「ん？　どうしたのシシリーさん」

「もう着きましたけど……」

「え？　ああ！　本当だ！」

トニーと話しているうちにどうやら通路が終わっていたらしい。

そのことに気付いたシシリーがトニーに声をかけると、トニーは俺に話しかけるのを止めて遺跡内に足を踏み入れた。

「はぁ……ありがとシシリー」

ああいう趣味全開の話は、一方的に聞かされると非常に疲れるので、シシリーがトニーの気を逸《そ》らしてくれて助かった。

そう思ってシシリーにお礼を言うと、シシリーは苦笑していた。

「ああいうトニーさんは珍しいですね」

「本当にな。さて、前文明の遺跡とやらを俺たちも拝見しますか」

「そうですね」

そう言いながら、俺たちは通路から出た。

そして、そこに広がっていた景色に絶句《ぜっく》した。

「す、すごい……」

シシリーは思わずといった具合にそう呟いた。

対して、俺はなにも言えなかった。

なぜなら、俺たちが見た遺跡は……。

あまりにも前世で見た景色にそっくりだったからだ。

第二章　崩壊した文明

俺は絶句《ぜっく》したまま前文明の遺跡だという街並みを眺めた。

あちこちにある倒壊したビル。

固く固められた地面。

これ、アスファルトだ。

背の高い高層ビルだけじゃない、五～十階建てくらいのビルもある。

そうしたビルは倒壊しているものもあるが、そのまま残っているものもある。

そして、あちこちに点在する車。

そう、車である。

鉄板で覆《おお》われ、車輪が付いて自走する、俺が作ろうとしてブレーキが作れなくて断念したアレである。

それがそこかしこに放置されている。

俺は、呆然《ぼうぜん》としながら周りを見渡した。

高層ビルがあったということは、この辺りは元オフィス街だったのだろう。

住居らしいものが見られない。

俺たち以外の人間の気配が感じられない崩壊したオフィス街。

その光景を見た俺は、まるで崩壊した前世の世界を見ているような気分になった。

いや、実際ここは崩壊した世界なんだ。

そう思うと俺は、とても居たたまれない気持ちになってしまった。

「……くん。シン君！」

「はっ！」

あまりにも前世に似通った、しかし崩壊してしまった風景に呆然としていた俺は、シシリーに呼びかけられていることに気付かなかった。

「あ、ごめんシシリー。ちょっとボーッとしてた」

「そうですか……あの、シン君大丈夫ですか？」

シシリーの呼びかけを無視してしまったことを謝ると、心配そうな顔をされてしまった。

「大丈夫って、なにが？」

俺がそう聞くと、シシリーは心配そうな顔のまま言った。

「なんというか……辛そうな顔をしてました」

「え……」

その直後、少し離れたところから声が聞こえてきた。

「すごーい！　なにここ‼」

「まるで別の世界」

「本当だねえ」

純粋に感嘆《かんたん》の声を上げるアリス。

まるで別の世界のようだという感想を口にするリンとそれに同意するトニー。

皆が皆、見たことのない光景に興奮を隠し切れない様子だった。

地中をくり貫《ぬ》いたような空間に見たことのない巨大な建造物が数多く立っている。

そのほとんどが崩れてしまっているとはいえ、今見えている光景はこの世界では見たことのないものだった。

そりゃあこの世界しか知らないアリスたちにとっては驚きしかないだろうな。

そんな中で辛そうな顔をしていたらシシリーも心配するか。

「ごめん、なんでもないよ。それにしても……これって地下都市なのか？」

俺たちがいる場所は地下深い場所。

この都市は地下空間に作られたのだろうか？

「違いますよ」

俺が地下都市なのかと考えていると、シャオリンさんから否定の言葉が発せられた。

「この遺跡は、そのほとんどが地下深くに埋まってしまっていました。それゆえ地上の土を全て除去することは無理と判断し、上の方から徐々に発掘しながら掘り下げていったんですよ」

シャオリンさんはそう言うと「ほら、あそこに穴があるのが見えますか？」と壁を指差した。

そこには金網で閉じられた穴がいくつも見受けられた。

「あそこが最初に繋がった穴です。あそこから徐々に掘り下げていって、深くなるとまた別の通路を掘って通路に繋げたのです。ここに来る途中に幾つも分岐《ぶんき》があったでしょう？」

「ああ、なるほど。ということは、正規ルート以外の通路はあそこに繋がるわけですか」

「そういうことです。あ、天井は魔法で固めてあるので崩壊の心配はありませんよ」

なるほど。

この遺跡は長い年月を経て完全に地中に埋まってしまったのか。

一体、前文明とはどれほど昔に栄《さか》えていた文明なんだろうか。

それを思うと、雄大な歴史にロマンを感じると共に、ふと別のことも考えてしまう。

この街並みを見る限り、前文明が相当に発展していたということが分かる。

それがどうして崩壊してしまったのか？

この都市が完全に地中に埋まってしまうほどの年月が経ち、発見されなかったということは、人類は相当な年月文明を復活させることができなかったということ。

もしかしたら、人類は絶滅寸前まで追い詰められたのかもしれない。

なぜそんなことになったのだろうか？

そう思い、改めて街並みを見渡してみる。

すると、ビルの一部が不自然に抉《えぐ》り取《と》られている箇所を見つけた。

それを見て確信した。

戦争があったんだと。

それによって前文明は崩壊したんだと、今まで憶測《おくそく》でしか語られてこなかったことが事実であると確信した。

そして、この破壊具合を見ると、アレを作ったんだろうなと推測《すいそく》できた。

大量破壊兵器だ。

抑止力、というものがある。

乱暴に言えば「こっちにはこんな強力な武器があるんだぜ、だから攻め込んでくんなよ」ってことだ。

前文明の転生者は、そう思って作ったんだろうな。

けど、運用するのはこの世界の人間。

強力な兵器を使いたい欲求に負け、使ってしまったんだろう。

その結果がコレだ。

こんなものを見てしまうと、シャオリンさんが危惧している魔道具なんて絶対に作れないよな。

そうして考え込んでいると、シシリーが黙って俺を見ていることに気が付いた。

「ん？　なに？」

「いえ、なにか考え込んでいたので、なにを考えているのかなと思って」

「ああ。いや、こんなに凄《すご》い街を作れる文明がなんで滅んだんだろうって考えてた」

俺がシシリーの質問に答えると、今度はシャオリンさんが俺の疑問に答えた。

「戦争が起こったからでしょうね」

クワンロンでもその認識で一致しているらしい。

まあ、一部抉り取られたビルを見れば一目瞭然《いちもくりようぜん》か。

「それにしても、どうやってこの街並みを破壊したんだろうなと思ってさ」

俺がそう言うと、シャオリンさんは神妙《しんみよう》な顔をして話しだした。

「イーロンから南に数日行ったところに大きな湖があります」

「シャオリンさん？」

湖？

急になんの話を？

「その湖なのですが、対岸が見えないほど大きいんです」

「はあ……」

マジでなんの話……いや、そういうことか。

「そして、その湖なのですが、地図を作るために測量《そくりよう》したところ……」

シャオリンさんは少し溜めたあと、こう言った。

「ほぼ真円だったそうです」

「えっ⁉」

「……」

シシリーは驚いているけど、俺は予想の範囲内だったのでそれほど驚いていない。

「ということは……その湖は人工的に作られたというんですか⁉」

シシリーが驚愕《きようがく》のあまり大きな声を出した。

こんなに慌《あわ》てるのは珍しいから、よっぽど驚いたんだろうな。

「恐らく、前文明での戦争で信じられない威力の魔法か兵器が使われた。そのときにできた窪《くぼ》みに水が溜まって湖になったんだろうと、ウチの国の学者は言ってます」

しかも真円ってことは……。

「空から……か」

俺がそう言うと、シャオリンさんは目を見開いた。

「ええ。その学者もそう言ってました」

この世界の発展具合から言って、飛行機があってもおかしくない。

空から大規模魔法か大量破壊兵器がジャンジャン降ってくる戦争……。

地獄だな。

それに、形として残ってるのはその湖だけかもしれないが、地形を詳しく調査したらすり鉢状《ばちじょう》になってる土地とか結構あるんじゃないかな？

言わないけど。

「……よく分かりましたね、シン殿」

おっと、また疑いの目を向けてきた。

なら、この世界でも通用する言い訳をしようじゃないか。

「シャオリンさんが言ったんじゃないですか」

「え？」

「湖は真円だって」

「それが？」

「地上で大規模魔法を撃つと、円じゃなくて線、もしくは扇型《おうぎがた》の跡ができるんですよ」

俺の言葉に、シシリーは納得したように頷《うなず》いた。

「ああ、アレですね」

「アレ？」

「以前、シン君が私たちが使っている魔法練習場で凄い魔法を撃ったことがあるんです。その時は地平線に向かって線ができてました」

シシリーがそう言うと、シャオリンさんは「なにしてんの？」という目で俺を見てきた。

「まあ、それは置いといて。地上で魔法を撃つとそうなるし、そんな威力の兵器を地上で使えば使ったほうも巻き添えを食う。空からの攻撃しかないですよね」

俺の推測を聞いて、シャオリンさんはフッと息を吐いた。

「凄いですね。ウチの学者たちが何年も議論してようやく出した結論にすぐ辿り着きますか……」

シャオリンさんは、驚いていない。

それどころか、益々《ますます》疑惑を深めた目をしている。

あれ？

失敗した？

シャオリンさんとの応対を失敗したかと焦っていると、シャオリンさんが真剣な顔をして言った。

「この話を聞けば、砂漠の野営地《やえいち》で私がシン殿を警戒した理由が分かりますよね？」

「そりゃあ、まあ……」

俺たちの国がある西方世界にそういった過去の痕跡《こんせき》はない。

けどシャオリンさんたちクワンロンの人たちは違う。

実際に、遙《はる》か大昔にあった世界を崩壊させるほどの戦争の痕跡を見ている。

そこから出土した魔道具と同じ文字を使う俺のことを警戒するのも無理はないよな。

「前にも言いましたけど、俺はこんな光景を作り出すつもりはありませんよ」

俺がそう言うと、シャオリンさんは複雑そうな顔をした。

「……それを信じろと？」

「信じて貰うしかありません」

その言葉に、シャオリンさんは押し黙った。

多分今、シャオリンさんの中では色々と葛藤《かっとう》しているんだろう。

シャオリンさんの憂《うれ》いを晴らすなら一番いい方法がある。

けど、それを実行するのは躊躇《ためら》われる。

その方法は……。

「それとも……今この場で俺を殺しておきますか？」

「!!」

「シン君!?」

俺の言葉にシャオリンさんは驚いた顔をして俺を見た。

……なんで考えが分かったのかって顔だな。

シシリーは、俺が急にそんなことを言い出したので驚いている。

「俺には、この光景を作り出せる力がある。いくら俺がその力を振るうつもりがないと言っても、その言葉を信じられるほど俺とシャオリンさんは付き合いが長くない。ならばいっそのこと……ってところかな」

俺がそう言うと、シャオリンさんは唇を噛み締めたまま俯《うつむ》いた。

「それは……そんなことはできません……」

「どうして？」

俺がそう言うと、シャオリンさんは顔をあげた。

その顔は泣きそうになってる。

「あなたは……シン殿は私たちを救ってくれた……姉の病気を治し、私たちの敵《かたき》であるハオを失脚させ商会を救ってくれた……大恩人です」

泣きそうになりながらも、ポツリポツリと話してくれるシャオリンさん。

……いや、涙は零《こぼ》れてしまっている。

「そんな大恩人に！　刃を向けるなんてできません！　けど！　けど……どうしても不安を拭《ぬぐ》いきれません……」

シャオリンさんはそう言うと、両手で顔を覆い号泣し始めた。

「私はどうすればいいんですか⁉　大恩人であるシン殿を疑いたくなんかない！　でも……どうしても考えてしまうんです！」

「シャオリンさん……」

今まで相当悩んでいたのだろう。

苦し気に胸の内を吐露《とろ》するシャオリンさんを、シシリーが気遣わし気な目で見ている。

「もう……最近の私は感情がグチャグチャです。どうしたらいいのか、もう分からなくなりました」

シャリオンさんは、顔を覆っていた両手を下げる。その顔は、この一瞬の間に煤《すす》けてしまったように見えた。

どうしたらいいのか……か。

そんなの、俺にも分からない。

かと言って、俺が死んでやるわけにもいかない。

俺はもう一人じゃない。

シシリーがいてシルバーがいる。

俺がいなくなったら、きっと悲しむ。

最愛の人間を悲しませることなんてできない。

誰も答えを見つけられないまま、俺たち三人の間に沈黙が続いた。

「ならば、シャオリン殿がアールスハイドに来ればいい」

「うおっ！　ビックリした‼」

俺の背後から、急にオーグの声がしたので、本気でビビった。

振り向くと、オーグの他にトールとユリウスも一緒にいた。

「シンを信用しきれないんだろう？　なら、アールスハイドに来てシンを監視すればいい」

「……殿下は、私がシン殿を監視することを容認するのですか？」

シャオリンさんは、訝《いぶか》し気《げ》な目でオーグを見る。

同じように俺も見ると、オーグは呆《あき》れたような顔をした。

「おい、もう忘れたのか？　これが終わって国に帰れば各国から事務員という名目の監視が来るだろうが」

「あ。そういえばそうだった」

マジで忘れてた。

そんな俺を見て、オーグは深い溜め息を吐いた。

「はぁ……まったくお前は……まあ、そういうことだ。今後私たちは組織として活動していくのだが、我々の力が周囲から隔絶しているのは自覚している。そのことにシャオリン殿と同じような危惧の念を抱くものはいる」

「その不安を解消させるために、各国から監視役が派遣されてくるのですよ」

「これは殿下が自分で提案したことで御座る」

オーグの言葉をトールとユリウスが引き継ぐ。

「そういうわけでな、できればクワンロンからも人員を派遣して欲しいのだ。飛行艇《ひこうてい》に大量発生した竜の討伐、それに魔人化したハオの討伐とこの国でも色々と見せてきたからな。我々を脅威《きょうい》と見る者も出てくるだろう」

オーグはそう言うと、シャオリンさんを真っすぐ見据えた。

「その監視員に、シャオリン殿が就けば憂いもなくなることだろう」

「し、しかし、その監視員は国が決めることなのでは……」

「今から我々の国の言葉を覚えてか？　いつになることやら。それならばすでに通訳なしで話ができ、我々とも面識のあるシャオリン殿が適任だと思うのだが？」

そう言われれば、シャオリンさん以外に適任者はいないように思えるな。

オーグの言葉にしばらく考え込んでいたシャオリンさんは、オーグを見て言った。

「なら、その監視員の件は、私が国に提案し立候補します」

シャオリンさんの言葉を聞いたオーグはフッと笑った。

「ああ、是非《ぜひ》そうするといい」

「では、この観光が終わりましたら悠皇殿《ゆうこうでん》に向かいます。殿下、ありがとうございました」

シャオリンさんはそう言うと深々と頭を下げてから俺たちのもとを離れ、リーファンさんと何やら話をし始めた。

どうやら、シャオリンさんの悩みは解決できなくても妥協《だきょう》させることはできたみたいだな。

「それにしてもいいタイミングだったわ。正直どうしようかと思ってた」

「たまたま近くを通りかかっただけだ。それに、これからクワンロンとも国交をもつことになるんだ。他国から監視員の話を聞けば不満が出るだろう？」

「それもそうだな」

一石二鳥ってやつかな。

クワンロンから監視員を派遣させられるし、俺の近くにいればシャオリンさんの不安も解消できる日がくるだろう。

やっぱり、オーグはすげえな。

「では、私たちは行くぞ。この街並みは今後の街づくりの参考になる」

オーグはそう言うとこの場から去っていった。

「ああ。ありがとな」

そのオーグの後ろ姿に礼を言うと、片手をあげて応え、そのまま行ってしまった。

「なに格好つけてんだアイツ」

「ふふ、照れ臭いんですよ、きっと」

「そうなのかな？」

「そうですよ」

まあいいか。

「さて、そんなことより俺たちも遺跡を見て回ろうか」

「はい！」

シャオリンさんがリーファンさんのところへ行ってしまったので、俺とシシリーの二人だけで遺跡を見て回ることにした。

まずはアレだ。

自動車からだ！

◆

「偶然通りかかった……ですか」

シンたちと離れたところでトールがクスクス笑いながらそう言った。

そんなトールを、アウグストはジト目で見る。

「なんだ？　なにが言いたい？」

「殿下は素直では御座らんなと」

トールに対しての言葉にユリウスが答えた。

二人とも同じことを考えていたようである。

「シャオリン殿がシン殿と合流したと報告しただけですぐに馳《は》せ参《さん》じたのに」

トールとユリウスは、アウグストから命じられてシャオリンを監視していた。

そのトールから、シャオリンがシンと合流したと無線通信機で連絡を受けたアウグストは、すぐにシンたちのもとに向かったのだ。

そして、三人が合流すると建物の陰からシンとシャオリンの会話を聞いていた。

シャオリンがシンになにかしないようにとの配慮だったが、まさかシャオリンがあの場で自分の心情を吐き出すとは思いもしなかった。

「それにしても、やはりシンの殺害も視野に入れていたか」

アウグストは、どう言《い》い繕《つくろ》ったところでトールの言う通りなので、強引に話題を方向転換することにした。

そんなアウグストを見てフッと笑みを浮かべたトールとユリウスはアウグストの思惑《おもわく》に乗ることにした。

「そうですね。ですが、そのことで随分《ずいぶん》と思い悩んでいたようですね」

「時折シン殿をジッと見ていることがあったで御座るが、どうしようかと悩んでいたので御座ろうなあ」

二人が話に乗ってきたことで話題を変えられたと感じたアウグストは、ホッとして会話を続けた。

「強大な力を恐れるのは人間として自然なことだ。その相手が恩人だったからどうすればいいのか分からなくなったのだろうな」

「ですね。辛かったでしょう」

「しかし、それも殿下のお陰で大分マシになるのでは御座らんか？」

「そうであってくれるといいのだがな」

アウグストはそう言うと遺跡に目を向けた。

これ以上は、実際に動き出してみないとなんとも言えないので、それ以上考えるのを止めたのだ。

話題も転換できたし。

だが、事態はアウグストの予想を裏切った。

「それにしても、殿下はお優しいですね」

「……ん？」

「シン殿を気遣うだけでなく、シャオリン殿まで救われるとは。いやはや感服したで御座る」

「……別に、そういうわけではない。シャオリン殿がうってつけの人材だったというだけだ」

アウグストはそう言うと、これ以上蒸し返すなという視線を二人に投げかけた。

一般人ならば萎縮《いしゅく》してしまいそうな視線を受けた二人は、全くそれに動じない。

「ですね、我々も探索するとしましょう」

「で御座るな」

トールとユリウスはそう言うと、建物の中などを覗き込み始めた。

そんな二人を見て、アウグストは疲れたように溜め息を吐き頭を掻《か》いた。

「ったく、私が揶揄《からか》われるとはな……」

一番の側近たちの成長を頼もしくも厄介だなと思いながら、アウグストは遺跡を見て回るのだった。

◆

オーグたちと別れた俺たちがまず初めに向かったのは、さっきから気になって仕方がなかったもののところだ。

「これってなんなんでしょう?」

シシリーはこれがなんなのかサッパリ分からないらしい。

それもそのはず、これは今の世界には存在しない代物。

自動車だ。

「多分乗り物だろうな」

この世界にはないものなので、多分って言っておいた。

「え? でもこの車輪、小さすぎませんか?」

長年放置されていた車はタイヤのゴムが劣化していたんだろう。

発掘の際に劣化してボロボロになったタイヤは一緒に取り払われたのだろう、今はホイールだけになっている。

内装もボロボロだけど、金属部分は腐食や劣化が見られるものの形は残っている。

「それに、馬が牽《ひ》けませんよ?」

シシリーの中では乗り物イコール馬車という認識だ。

恐らくクワンロンの人たちもそうなんだろう。

だから放置されている。

「自走するんじゃないかな」

「自走……そういえば、前にシン君が自走する乗り物を作りたいって言ってましたね
……」

シシリーはそう言うと、俺を見たあと溜め息を吐いた。

「シン君がなんでコレを一番に見たがったのか分かりました」

「え？」

「……真似する気ですね？」

「……」

シシリーがジッと俺を見る。

……。

俺は目を逸《そ》らした。

「やっぱり……」

「い、いや、俺が考えていたものとほぼ同じだから。真似っていうか参考にしたいっていうか……」

「どっちみち作ろうとしているんじゃないですか。またお婆様に怒られても知りませんよ？」

シシリーは呆れつつも反対はしない。

やっぱり、俺のことをよく理解してくれているなあ。

「駄目って言っても作っちゃうでしょうから言いませんけど、お婆様の許可は取った方がいいですよ」

「……やっぱり？」

「それで何回怒られてきたんですか……」

言ったら絶対怒られるだろうからコッソリ作ろうと思ってたのに。

……どっちにしても怒られるのか……。

「まあ、それは後で考えよう。今はこれの解析《かいせき》だ」

「まったくもう……」

うーん、以前は俺のやることを全面的に受け入れてくれていたシシリーなんだけど、最近は小言を言うことも増えてきた。

妻になり母になると、やっぱり違うのかな？

それはさておき、俺は目の前の車を調べることにした。

まずはボンネットが開いているのでその中を見てみることに。

すると、案の定そこにあったのは内燃機関のエンジンではなかった。

「……なんですかこれ？　すごく複雑な形をしてますけど……」

「多分、これが動力だろう」

ボンネットの中に入っていたのは、モーターみたいなものだった。

いや、みたいじゃなくて魔力で動くモーターなんだろう。

それが下向きに設置され、歯車とシャフトで車輪に動力をつたえていく。

「えーっと……あ、ここに魔石を入れるのか」

調べてみると、案《あん》の定《じよう》魔石を入れるための場所もあった。

魔石によって動く魔力モーター。

完全なエコカーだな。

「魔石で動かすんですか？　それだとずっと動いているんじゃ……」

「動力はずっと動いてるだろうね。けど、それが伝わるのを遮断《しやだん》すればいいし、魔石からの魔力の供給も遮断すれば動力も止まるよ」

シシリーの疑問はクラッチを付ければ解決するし、そもそもオン・オフのスイッチを作れば魔力の供給も遮断できる。

俺が車を作るならそうするなと思っていると、シシリーは複雑そうな顔をして俺を見ていた。

「ん？」

「……いえ」

なんだろ？　なにか言いたげだったけど……。

なんでもないと言われてしまえばそれ以上追及するのもなあ。

そう思って俺は解析を続けた。

一番見たかったブレーキだ。

前世で俺は車とかバイクとか好きだったから、ある程度の構造は知ってる。

けど、ブレーキに関しては直接命に関わる部品なのでいじったことがない。

いや、理屈は知ってるよ？

ホイールに付けられたブレーキディスクをキャリパーで覆って、油圧によってキャリパーの中にあるパッドをディスクに擦りつける。

その摩擦でブレーキがかかる。

ただ、構造は知らないんだよ。

なので、どうしてもこの車に設置されているブレーキを見てみたかったんだ。

「えっと……これか」

タイヤがなくなって車輪の中が見えやすくなっているので、簡単に見ることができた。

予想通り、ブレーキディスクを覆うようにキャリパーが設置されていた。

そこからホースが出ているはずなんだけど、劣化してなくなったみたいだな。

だが、それはどうでもいい。

欲しくてしょうがなかったキャリパーが目の前にある。

「これ、持って帰っちゃ駄目かな？」

「……黙って持って帰ったら怒られると思いますよ」

「だよなあ……シャオリンさんに聞いてみようか」

俺はさっき別れたシャオリンさんに通訳を頼んで、調査員の人に声をかけた。

『これを……ですか？』

「はい」

『これ、使い道が分からないものですよ？』

「そうなんですか？」

『ええ……もしかして、これがなんなのか分かったのですか⁉』

あ、やべ。

藪蛇《やぶへび》だったかも。

「シン殿……やはりあなた……」

シャオリンさんに通訳をお願いしてるんだから会話は筒抜《つつぬ》けだ。

そのせいで変な目で見られている。

あれ？　さっき解決したんじゃなかったの⁉

「やはり、前文明時代の記憶が……」

「い、いや！　これは俺が作りたいなって思ってたものに似てたから！　だからそうじゃないかなって思っただけで！」

「ほう……初耳だな」

オーグ⁉　なんでここに⁉

「さっき、あんなことがあったシャオリン殿を連れて行くのが見えたからな。嫌な予感がして来てみれば……」

「シン殿！　なにを⁉　一体なにを作ろうとしてたんですか⁉」

呆れ顔のオーグとは対照的に、トールは必死の形相だ。

工業の街の次期領主だからなあ。

俺がなにかを作る度にこれだ。

でも、今回はさすがにトールを無視するわけにはいかない。

「ああ、えっと……自走する乗り物を作りたいなと思って……」

俺がそう言うと、オーグが盛大に溜め息を吐いた。

「お前……ほんの少し、ほんの少しだぞ？　なんでその僅《わず》かな時間目を離した隙に、こんなことになるんだ⁉」

「自走する乗り物って……シン殿！　あなたは馬牧場を破産させるつもりですか⁉」

「そんなつもりはないって！　相談しようとは思ってるけど！」

「次から次へとお前は……私を過労死させるつもりか？」

「い、いや。そんなつもりはないけど……」

「ではどんなつもりだ？」

「……ちょっと乗ってみたいなって」

俺がそう言うと、オーグのこめかみに青筋が浮かんだ。

「いつになったらお前は自重と常識を覚えるんだっ‼」

「だ、だから自重して作ってないじゃん！」

「今まさに作るために遺跡のものを持ち出す許可を得ようとしているではないか！」

「広めないから！　俺が個人的に乗るだけだから！　約束するから！」

俺は必死に頼み込んだ。

その結果、決して人の目には触れさせないようオーグが監視することを条件に許可が出た。

「ありがとう！」

「言っておくが、持ち出すことの許可はその調査員が出すのだからな。拒否されたら諦めろよ」

「分かってるって！」

俺はオーグからの許可が出たことで満面の笑みを浮かべて調査員さんを見た。

俺たちのやり取りをシャオリンさんの通訳で聞いていた調査員さんは引《ひ》き攣《つ》った顔をしていた。

『そう、ですね……武器ではないですし、長年放置されているものですから別に構いませんよ』

やった!!

許可が出た!!

「ありがとうございます!!」

俺は嬉しくて大声で礼を言うと、さっきの車のところに走って行った。

「あ！　待ってくださいシン君！」

シシリーも後からついてきた。

◆

「よく許可を出しましたね」

シンが走り去ったあと、トールがアウグストに話しかけた。

声をかけられたアウグストは、眉間《みけん》に皺《しわ》を寄せながらも諦めたように口を開いた。

「アイツの作るものは、ぶっ飛んでいるが非常に有用なものが多い。この無線通信機もそうだろう？　我々はもう、これを手放すことができない。公開するかどうかは後で考えるとして、まずは作らせてから判断しようかと考え直してな」

アウグストはシンに色々と説教をするが、実際にはシンの魔道具による恩恵《おんけい》をかなり受けている。

毎度毎度調整に苦労はさせられるが、シンの作り出す魔道具に興味がないと言えば嘘になる。

「作らせてみて、世に出すのに問題があるなら公開しなければいいだけの話だ」

「禁止しないので御座いますな」

「……禁止したらコッソリ作るような気がしてならない。なら、私の目の届く範囲で開発させた方が安心だ」

アウグストの言葉に、コッソリ作っていきなり完成品を見せられる未来が容易に想像できた。

「ありえますね」

「というか、確実にそうなるで御座ろうな」

三人は、互いに顔を見合わせて……。

「「「はぁ……」」」

盛大な溜め息を吐くのであった。

◆

さっき見ていた車まで戻ってきた俺は、早速車を異空間収納に丸ごと収めた。

これを持って帰ってビーン工房で分解しよう。

完成品があれば、駆動部分も工房の皆さんならすぐに同じものを作ってくれるだろうし、懸案だったブレーキも解析できる！

今回クワンロンに来て一番の成果じゃないか、これ⁉

「もう……帰ったらビーン工房に籠《こ》もるつもりでしょう？」

「え？」

な、なぜ分かったシシリー！

ビックリしてシシリーの顔を見ると、プクッと頬《ほお》を膨らませていた。

「私やシルバーを放っておくつもりですか？」

「そ、そんなことしないって！」

「本当ですか？　約束ですよ？」

「分かってるって！」

あぶね……。

興奮し過ぎて、言われなければシシリーやシルバーを放置してしまうところだった……。

分解・解析はほどほどにしておこう。

いやあ、危なかった。

それにしても、すごい収穫《しゅうかく》だったな。

念願のブレーキのサンプルが手に入るとは！

前文明の転生者はいい仕事をした……いや、世界を壊す大量破壊兵器を作ったんだから全面的に褒《ほ》めるわけにはいかないか。

トニーの思い付きで始まった遺跡観光だけど、思いのほか有意義だった。

前文明に転生者がいたことも分かったし、前文明が滅んだ理由もおおよそ分かった。

それになによりブレーキ……。

「え……」


俺はそこで、ふと気付いた。

車、鉄筋コンクリートの高層ビル、アスファルトで覆われた道路。

兵器であるレールガンに、飛行機。

極めつけの大量破壊兵器。

そういえば、シャオリンさんが光線銃みたいなものを持っていたな。

これを全部、転生者が作ったんだろう。

だが、一人で？

俺は建築には携《たずさ》わったことがないから、高層ビルを垂直に建てる技術も知識も持っていない。

アスファルトなんて、天然に採掘されるものがあるのは知っているけど、道路に敷き詰めるなら人工的に作ったはず。

俺はその製法なんて想像もつかない。

そんな知識を全て持っていた？

「いや……」

俺はもう一度遺跡を見渡した。

前世によく似た光景。

これを全部、一人の転生者が作りだした？

そこに疑問を抱いた瞬間、俺はある仮説を思い付いた。

転生者は……複数人いたんじゃないか？

そう考えればこの壮大《そうだい》な光景にも納得がいく。

建築に携わっていた人、車の整備工、道路の舗装業《ほそうぎょう》……色んな職種の人たちが前世の記憶を思い出したのだとしたら……。

「いや、でも……」

そんな都合よく転生者が見つかるか？

俺はこの世界に来てから、前世の記憶を持っているという人間に会ったことがない。

歴史の中にも何人かそれっぽい人はいるけど、確証があるのは一人だけだ。

それはばあちゃんに見せてもらった、その人物の手記が証拠になった。

そんな超希少な転生者が複数人……。

現実的じゃな……。

「‼」


唐突に、悍《おぞ》ましい光景が脳裏に浮かんだ。

まさか……前文明はアレを実行したんじゃ……。

俺が以前に立てた仮説。

『幼少期に死《し》の淵《ふち》から生還した際、極稀《ごくまれ》に前世の記憶を思い出す』

もしかしたら、前文明の人間はそれに思い至り、実行したんじゃないのか？

その結果、多くの人間が前世を思い出したのでは？

そして、その転生者たちが他の転生者よりも抜きん出ようとしたら？

それが暴走したら……。

いや、暴走したんだろう。

その結果がコレだ。

俺は崩壊した街を見ながら、前文明の闇を垣間見《かいまみ》た気がした。

前文明が今より発展していたということは、魔法技術も今より発展していたんだろう。

治癒魔法も今より進んでいたに違いない。

ということは、幼い子を死の淵から生還させるということもそんなに難しいことではなかったのかもしれない。

けど……。

それを人為的に行うということは、その前段階があったわけだ。

つまり幼子を死の淵に追いやるという行為が……。

前文明の人たちは、高度な治癒魔法があるから大丈夫だとでも思ったのかもしれない。

もしかしたら、高度な治癒魔法の存在で人々の生存率が上がり、人口が増え過ぎていたのかもしれない。

そんな中で、段々とモラルが欠如していったとしたら……。

全部俺の勝手な想像だけど、全くあり得ない話じゃない。

怖いな……。

まだ確証があるわけじゃないけど、前世を思い出す方法については絶対誰にも知られないようにしないと……。

「シン君?」

そんなことを考えていると、シシリーが俺を呼んだ。

そういえば、さっきから俺、一言も喋《しゃべ》ってなかった。

「ん? どうした?」

「あ、いえ。なんだか辛そうな顔をして遺跡を見ていたから、なにかあったのかなと思って」

辛そうな顔か……。

過去行われたかもしれない凶行《きょうこう》を考えていたからなあ。

しかも、今の俺は幼子の父親だ。

もしシルバーがそんな目に遭わされたら……。

そんなことも考えてしまった。

「ああ、いや。どうしたらオーグの許可が下りるかなって考えてたからさ」

俺は咄嗟《とっさ》にそんな言い訳をした。

それが問題なのも間違いじゃないからな。

俺の言葉に、シシリーは困ったような顔をした。

「もう。なにかあったのかと心配したじゃないですか」

「あはは、ごめん。さて、回収も終わったし遺跡巡りを再開しようか」

「そうですね」

こうして俺たちは、再び遺跡となっている街並みを巡りはじめた。

途中、建物の中から出てくるアリスとリンを見かけたので中に入ってもいいらしい。

俺とシシリーも、近くにあった倒壊していない建物の中に入ってみた。

その建物の中は棚のようなものが沢山並んでいて、その上になにかの残骸《ざんがい》が置いてあった。

これは……。

「ここって、なにかのお店だったんでしょうか？」

建物の中を見回しながらシシリーがそう呟《つぶや》いた。

シシリーの言うとおり、ここは店舗で間違いないだろう。

しかもこれは……。

棚の上に置いてあった残骸を手に取って確信した。

ここ、家電量販店だ！

いや、正確には魔道具量販店か？

一見すると何に使うのか分からない物ばかりだけど、この感じは間違いないと思う。

なにかをディスプレイする感じになってるし、カウンターっぽいのもあるし。

さっき俺が手に取った、なんなのか分からない残骸はもしかしたら通信機かもしれないな。

俺の知ってる通信機……つまりスマホとは随分形が違う。

通信機といえば、俺が生きていた時代ではスマホが主流だったけど、前世の記憶を思い出した技術者が沢山いれば空間ディスプレイとか開発されていても不思議じゃない。

ひょっとしたら、そういう技術が使われている通信機なのかも。

まあ、あれは個人的にどうかと思うけどな。

個別の通信機なんてプライバシーの塊だ。

空間ディスプレイなんかにしたら、プライバシーだだ漏《も》れになるんじゃね？

もしかしたら、他人から見えないような処理が施されてるかもしれないけど。

俺はそんなことを考えつつ店内を見回しながら、シシリーの質問に答えた。

「そうだなあ、多分魔道具のお店じゃない？」

俺がそう言うと、シシリーはもう一度店内を見回した。

「魔道具のお店、ですか？」

シシリーはピンと来ていない様子だ。

まあ無理もない。

だって、前文明の崩壊から多分数百年から千年以上は経ってそうだもんな。

車はほぼ金属でできていたから残ってたけど、座席などのそれ以外の素材はほぼ原形を留めておらず、金属を使っている部分だけが残ってた。

「何に使うのか分からない形のものが多いからね。それなら魔道具かなって思ったんだよ」

俺がそう言うと、シシリーは不思議そうな顔をした。

「シン君でも分かりませんか？」

「分かんないよ」

それに、相当な数の技術者がいないとこんな遺跡なんてできない。

それくらい多くの技術者がいないと、通信機なんてできない。

通信はできても、コンテンツが作れないからな。

そんな世界だ、技術は日進月歩《にっしんげっぽ》で進んでいただろう。

前世でも、ちょっと目を離した隙に「え？　こんなことになってんの？」って道具は山ほどあった。

それを考えると、この原形を留めておらず、どんな形だったかも想像できない道具が予想外なことに使われていてもおかしくない。

そんな当たり前のことを言っただけなのだが……。

「いえ……シン君にも分からないことがあるなんて意外だったので」

「いやいや、なんでも知ってるわけないじゃん」

シシリーは俺をなんだと思っているのだろうか？

俺がなにもかも知ってるなんてあるわけない。

知ってるこ……やめとこ。

「こんな文明を作り上げるような人たちが作った物だからなあ。想像もつかない」

「そうですか」

俺がそう言うと、シシリーはちょっとホッとしたような顔をした。

……なんだろう。

もしかしたら、俺がここにある魔道具を見てインスピレーションを得るとでも思っていたのだろうか？

「さて、ここには参考になるような物はないし、次に行こうか」

「はい」

俺とシシリーは一緒に建物の外に出た。

そこで、マークとオリビア、それにユーリと出くわした。

「あ、ウォルフォード君。その建物はなんだったッスか？　なんか面白いものあったッスか？」

すでにあちこちを見て回っていたんだろう、生き生きしているマークとユーリに比べて、疲れた顔をしたオリビアがいた。

「ああ、ここ魔道具の量販店みたいなんだけど……」

「「魔道具の量販店⁉」」

「あ、ああ。けど、参考になるような物はなか……ったって……行っちゃったよ」

まだ話の途中だったのに、マークとユーリは建物の中に飛び込んでいった。

取り残されたオリビアを見ると、あははと苦笑してた。

「二人とも、このお店を探してたんですよ。だから我慢できなかったみたいです」

「そ、そっか。けど、相当古い遺跡だぞ？　原形を留めているものなんてなかったけど……」

「ですよねえ……」

オリビアは、はぁっと溜め息を吐くと店内に向かっていった。

「一応私は付き添いますので。お二人は気にしないで行っちゃってください」

「そうだな。二人が暴走しないよう見張っといて」

俺がそう言うと、オリビアとシシリーは動きを止めて目を見開いた。

え？　なに？

「ウォルフォード君がそんなことを言うなんて……」

「シン君、大丈夫ですか⁉　熱とかありませんか⁉」

「ちょっと待てえっ！」

俺がそんなことを言うのがそんなに意外かオリビア！

それとシシリーも！

「はぁ……俺だってそれくらいの分別はあるよ」

だから意外そうな顔すんな、二人とも。

「ここ、他国の遺跡なんだしさ、破損したり勝手に持ち出したりしちゃ駄目なことくらい分かってるって。だからさっき、アレを持ち出す許可を貰いに行っただろ？」

「そういえばそうでした」

シシリーはさっきのことを思い出してくれたようだ。

「えっと……アレって？」

さっきいなかったオリビアが不安そうに訊《たず》ねてきた。

それに、なぜかシシリーが答えた。

「オリビアさん、すみません。シン君がまた思い付いちゃったみたいで……」

「え？　え？」

「帰ったらまたご迷惑をおかけすると思いますので、先に謝っておきます」

「え？　ああ……またマークが付き合わされる系の……」

「はい。マークさんと工房の皆さんにはご迷惑をおかけすると思います。申し訳ありません」

シシリーはそう言うと、ペコリと頭を下げた。

奥さん同士の会話だな。

オリビアもそう思ったのか、顔を赤くしながらわたわたし始めた。

「あ、あの！　マークの時間が取られちゃうのはあれですけど、工房の方は私関係ありませんから！」

ん？

あれ？

「『オリビア（さん）ってビーン工房の奥さんじゃなかったっけ？』」

「まだ違いますからあっ！」

ああ、そっか。まだ結婚式はしてなかったか。

「でも、ビーン工房ではもうそういう扱いですよね？」

「はう……」

「なら、オリビアさんに言っておくので問題ないですよね？」

シシリーが首を傾《かし》げながらそう言うと、オリビアは諦めたように溜め息を吐いた。

「もう……分かりましたよう。工房の皆さんには言っておきます……」

「お願いします。帰ったら私も挨拶《あいさつ》に行きますので」

「分かりました」

オリビアはそう言うと、とぼとぼと二人がいる店内に歩いていった。

「すっかり忘れてましたね。マークさんとオリビアさんって、まだ結婚されてないんでした」

「俺も。普段から夫婦っぽいから、奥さん扱いするのに違和感がなかった」

「ですよね」

俺たちの認識はそうなのに、当の本人は奥さん扱いされると照れる。

なんでだ？

「なんであんなに恥ずかしがるんだろ？」

「ふふ、私はなんとなく分かります」

「そうなの？」

「はい。結婚式を挙げて正式な夫婦になるまで、奥さん扱いされるのはなんとなく恥ずかしいものなんですよ」

「そうなんだ」

「はい。結婚式の後は、逆に嬉しくなるんですけどね」

「ああ、それは分かる」

結婚式をする前にシシリーのことを奥さんと言われると恥ずかしかったけど、結婚したあとに言われると認められたようで嬉しかった。

オリビアは今そういう状況なんだろうな。

「そういえば、今回のクワンロン行きは急に決まったけど、マークたちは結婚式の準備大丈夫なのかな？」

「もうほとんど終わってるので大丈夫ですよ」

「そういえば、女性陣皆で用意してるんだっけ」

「私たちのときは、国がほとんどやってくれましたからね。私とエリーさんがしたのはドレスを選ぶくらいで。今回は私たちで結婚式の準備ができるので楽しいです」

オリビアのドレスも、皆の手作りらしい。

シシリーだけじゃなく、マリアやユーリ、アリスとリンまでもオリビアの家に行って準備を手伝っていた。

皆が楽しそうに準備していたのが印象的だったな。

マークの方はなんもしてなかったけどね。

男の準備なんて、礼服を用意したらそれで終わりだ。

こういうのを見ると、結婚式って女性のための式だと改めて思うな。

式の場所は、マークの家とオリビアの家が隣同士なので、その地域を管轄《かんかつ》している教会で挙げるらしい。

そのあとオリビアの実家である石窯亭《いしがまてい》を貸し切りにしてパーティーをする予定になってる。

……平民の結婚式ってこうだよな？

まあ、アールスハイド大聖堂で創神教《そうしんきょう》の教皇様に祝福される式なんてやりたくてもできるもんじゃないから、いい思い出にはなったけどね。

シシリーも嬉しそうだったし。

「もうすぐオリビアさんは新婚さんなんですから、あんまりマークさんを振り回しちゃ

「……俺が家庭不和の原因になっちゃう？」

「そうですよ。もう学生じゃないんですから、そこも自重してくださいね？」

そっかあ、学生のノリで遊びに行こうぜって言えなくなっちゃうのか。

ちょっと寂《さび》しいけど、それが家庭を持つっていうことなのかもな。

前世では結婚なんてしなかったから、その感覚は全く身についてない。

改めて覚えていかないとな。

「エリーさんも学院を卒業されて、これから王太子妃《おうたいしひ》として殿下と一緒に公務に出るようになるので、今までのように会えなくなるのが寂しいですね」

どうやら、卒業して関係が変わるのは俺たち男だけじゃないらしい。

エリーはオーグと結婚し王太子妃となったけど、身分はまだ学生だった。

なので公の場に出ることはあまりしておらず、シシリーたちアルティメット・マジシャンズの女性陣とよく遊んでいた。

けど、学院を卒業すれば王太子妃としての公務を本格的にこなしていくことになる。

そういえば、前世でも学校を卒業する度に色々と状況が変わっていったな。

こっちの世界に転生してからもう十七年か。

そんな感覚、すっかり忘れてた。

たった三年だけど、高等魔法学院での学生生活が楽しすぎたんだ。

「ちょっと寂しいですけど、これが大人になるってことなんですね」

シシリーも楽しかった学院時代を思い出したのか、少し物憂《ものう》げな表情でそう呟いた。

まあ、確かに寂しい、けど……。

「俺たちは大丈夫だよ」

「え？」

俺の言葉に、シシリーがキョトンとした顔をした。

「だって、卒業しても就職先は皆同じだし、それに、シシリーとオリビアとエリーには、これから別の繋がりが生まれると思うんだよ」

「別の繋がり、ですか？」

シシリーには予想もつかないようで、首を傾げている。

けど、俺としては、こっちの繋がりの方が一生続くと思うんだよな。

「うん。ママ友」

「マ、ママ……！」

俺の言葉に、シシリーは顔を赤くした。

「夫婦だから子供を作らないといけないっていうわけじゃないよ。けど、エリーとオリビアは特に子供を産むことを望まれてるし、本人も望んでるだろ？」

「そ、そうですね。お二人は立場上もそうですけど、ご自身がそれを望んでますし」

エリーは王太子妃として、未来の王妃として、子供を産むことは責務といっていい。

オリビアも、マークに代わるビーン工房の跡継ぎを産むことを望まれている。

そしてシシリーは、まだ出産の経験はないけどシルバーを赤ん坊の頃から育てている子育ての先輩だ。

今後も色々と繋がっていくと思うんだよな。

「そうですね。ママ友……ママ友かあ……」

今のところ、仲間内の女性陣で子供がいるのはシシリー一人だけ。

家には子育ての先輩であるばあちゃんがいるとはいえ、もっと気軽なママ友と言われるような友達はいない。

公園で顔を合わせるお母さんとかはいるけど、シシリーは聖女と呼ばれている人物。

周りのお母さん方は、にこやかに談笑しつつもどこか余所余所《よそよそ》しい。

聖女様とお友達なんて畏《おそ》れ多いんだそうだ。

なので、同じ立場のママ友になれるのはエリーやオリビアになる。

三人で子育てについて談笑している光景を思い浮かべているのだろう、シシリーは嬉しそうな顔をして微笑《ほほえ》んでいた。

「楽しそうですね」

ニコニコと嬉しそうにシシリーはそう言った。

「そうだね。でも、俺もちゃんと子育てには参加するよ？」

「ふふ。はい、期待してますよ、パパ」

さっき、シシリーはそう言うと、腕を組んできた。

シシリーは過去の子供たちに非人道的な行為を行っていたかもしれないと考えたばかりだからか、シルバーやこれから生まれてくる子供たちの未来には、不幸なことがないようにしたい。

っと、そういえば。

「誰が最初になるんだろうな？」

「はい？」

俺の言葉に、シシリーが不思議そうな顔をしている。

あ、主語がなかったわ。

「いや、子供ができるの」

「……!!」

俺がそう言った途端、シシリーの顔が真っ赤になった。

「こればっかりは授かりものだからなあ。競争しても仕方ないし」

「そ、そうですね……」

シシリーはそう言ったあと、俺の腕をギュッと抱きしめてきた。

「あ、あの……」

「ん？」

「これが、終わったら……」

「……」

真っ赤な顔をして潤《うる》んだ目で見つめてくるシシリー。

その姿に、俺は息を呑《の》んだ。

そして意を決したシシリーが口を開いた。

「その……あかちゃん……欲しい、です」

「!!」

その姿と言葉に、俺のハートは撃ち抜かれた。

「きゃっ！」

俺は我慢できずにシシリーを抱きしめた。

「帰ったら、すぐにそうしよう」

「シン君……」

もうお互いの気持ちは爆発寸前。

自然と俺とシシリーの顔は近付いていき……。

「おい……」

「「！！？？」」

突然声をかけられて、俺とシシリーはビクッとしてしまった。

「他国の遺跡の物陰でコトに及ぶとは……国際問題でも起こすつもりか？」

声をかけてきたのは、口調は静かながらも額に血管の浮いているオーグ。

その脇には、シャオリンさんが真っ赤な顔を両手で覆いながら、指の隙間からこちらを見ている。

え……いつから見られてた？

「まったくお前たちは……またちょっと目を離した隙に、今度はこれか」

呆れながら言うオーグ。

「あ、あの……そ、そういうのは、誰にも見られないように、部屋でするべきかと……」

シャオリンさんは真っ赤になりながら、いかにも真面目《まじめ》な彼女が言いそうなことを言う。

「なになに、二人とも。刺激が欲しくなったの？」

「マンネリ？」

いつの間にか、アリスとリンまでいた。

「屋外……⁉　そ、そんな高等技術まで……！」

って、おいマリア。

それは高等技術とは言わない。

「っていうか、変な誤解すんなよ！　さすがにこんなところでそんなことするはずねえだろ！」

俺がそう言うと、オーグは目を細めた。

「ほう？　そういえばお前たち、さっきなんの話をしていた？」

「え？　えっと、誰が一番に子供ができるだろうなって。で、赤ちゃん欲しいねって……」

「……その話をした後に、熱烈に抱き合っていて誤解……か？」

「……」

子供欲しいね、からの熱烈に抱き合う、その先は？

……。

「す……」

「す？」

「すみませんでした」

「シン君⁉」

シシリーが驚いた顔をしているが、俺にはこの状況を覆せる説明が思いつかない。

「ちゃんと否定してください！　でないと私……」

誤解を解こうと必死なシシリーは、一呼吸おいてからこんなことを叫んだ。

「お外でもしちゃう変態さんになっちゃうじゃないですか!!」

『……』

……皆の沈黙が痛い……。

「……はっ⁉」

皆の沈黙で、ようやく自分がなにを言ったのか理解したシシリー。

「い、いやあっ!!」

「おふっ！」

あまりに恥ずかしかったのか、シシリーは俺の胸に突撃し顔を埋めてしまった。

とてもまともに周りが見られないようだ。

「まったく……仲がいいのは結構だが、ちゃんと節度を守るようにな」

「いや、別に変なことしようとしてないから」

「……まあいい。それより、そろそろ遺跡を出ようかと思っているのだが、まだ見たいところはあるか？」

ありがたいことに、オーグの方から話題を変換してくれたので、それに乗っかることにした。

「見たいっちゃあ見たいけど、キリがないからな。見たかったらまた来ればいいし」

「そうか。では帰るとするか」

無線通信機で皆に連絡し、俺たちは遺跡探索を終えて帰ることにした。

帰りはゲートが使えるのだけど、調査員さんたちがいるのであまり大っぴらに使わない方がいいということになり、歩いて帰ることにした。

その間も、シシリーは俺の腕から顔を上げることができずに、ずっと黙ったままだった。

その状態のシシリーの頭を撫《な》でて宥《なだ》めつつ、俺はこれから生まれてくるであろう子供たちのことについてぼんやりと考えていた。

そのときは、オーグが俺をジッと見ていることに全く気付かなかった。

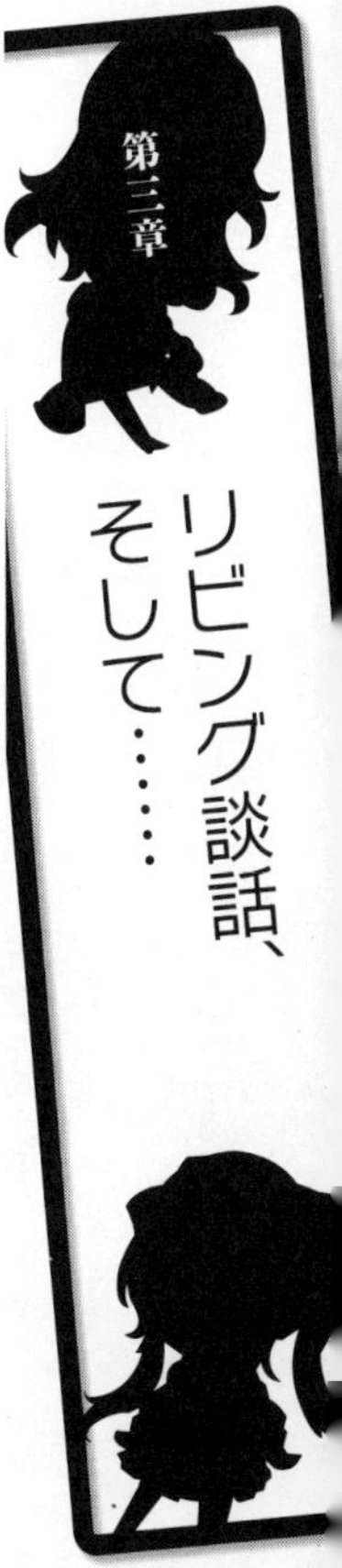

第三章　リビング談話、そして……

「本当に誤解ですからね！　あそこでナニかしようなんて思ってませんでしたから！」

「でも、あの雰囲気は……ねえ？」

「うん。今にもナニか始まりそうだった」

「もう!!　だから違うってば!!」

ミン家に着いた頃にはシシリーもすっかり復活していて、マリアたちに必死に誤解であることを説明している。

まあ、マリアもアリスもリンも、ニヤニヤしているから誤解だということはもう分かっているのかもしれない。

その上で揶揄《からか》っているんだろう。

仲がよさそうで何よりです。

「シシリーさん、どうしたんですか？　なにか必死に誤解だって言ってますけど」

そういや、オリビアとユーリとマークは魔道具量販店に行ってて見てなかったんだよな。

どうしよう？

自分で誤解の元であるアレを説明するのか？

そう思っていると、オーグがオリビアに説明を始めた。

「シンとウォルフォード夫人が物陰で子供が欲しいと言いながら抱き合っていてな。こんなところで子作りするなと叱ったのだ」

「え⁉　そ、それは……」

それを聞かされたオリビアは真っ赤になった。

「だから！　そんなつもりは一切なかったって言ってるだろうが！」

「子供が欲しいという会話の流れからのあの行動で、誤解するなという方が無理じゃないか？」

「帰ったらそうしようなって言ってたんだよ！」

そう叫んでから、しまった、と自分の口を塞《ふさ》いだ。

皆の前で、アールスハイドに帰ったら子作りしますって大声で宣言してしまった！

チラリとオーグを見ると……。

ああ、やっぱり腹を抱えて蹲《うずくま》ってる。

「そ……そう、か。っく！　ま、まあ、がんば、って……ぶはっ！」

「我慢しないで笑えよ！」

俺がそう言うと、オーグは遠慮せずに爆笑し始めた。

マリアたちの誤解を解こうとしていたシシリーは、両手で顔を隠して俯《うつむ》いてる。

あっちまで聞こえてたかあ……。

「そ、それにしても、なんでそんな話になったんですか？　まあ、お二人はもう夫婦ですからなにもおかしくはないですけど」

オリビアっていい子だなあ……。

なんとかフォローしようとしてくれてる。

「いや……シシリーとエリーとオリビアの誰が最初になるんだろうなって話をしててさ」

「最初って？」

あ、また言葉足らずだった。

「子供ができるの」

「!!」

……当事者のオリビアに言っちゃった。

あーあ、オリビアだけじゃなくてマークまで真っ赤になっちゃったよ。

赤くなった二人を見ていると、さっきまで爆笑していたオーグが冷たい声で話しかけてきた。

「お前……エリーまで巻き込んでなにを話しているんだ」

「え？　いや、エリーは王太子妃《おうたいしひ》なんだから、子供を産むのは必須だろ？」

「当たり前だ」

「オリビアも、ビーン工房の跡継ぎはマークの子って言ってたじゃん」

「い、言いましたけど……」

「俺らも学院を卒業して結婚したりしたら、今までの関係も変わってくるだろ？　でも、ママ友ならこれからもずっと親密に繋がっていくなって話をしてたんだよ」

「それで、誰が最初に子供を産むかという話になったのか」

「シシリーはシルバーのママだけど、まだ子供を産んではいないからさ。それで……」

「まあ、話の流れは分かった。だが、それとあそこで事に及ぶのはまた別の話だ」

「だからっ……っと」

それは帰ってからだと言おうとして、なんとか思いとどまった。

オーグを見ると、ニヤニヤしている。

くそっ、コイツもマリアたち同様、分かってやってやがる。

「話がややこしくなるから、分かってんなら混ぜ返してくんなよ」

「くく、相変わらず、お前たちは見ていて飽きないな」

「飽きてくれて結構だよ！」

まったくコイツは！

「まあ、それはさておき、これは真面目《まじめ》な話なのだが、ウォルフォード夫人、ビーン夫人、もし妊娠したらすぐに申告してくれ」

「にんしん……」

「はぁ……もう夫人でいいですよう」

妊娠という具体的なワードを聞いて更に赤くなるシシリーと、ビーン夫人と呼ばれることに諦めの表情を浮かべるオリビア。

「真面目な話って……ああ、リンの言ってたやつか」

「そうだ。妊娠初期は魔力が不安定になり魔法が使えなくなる。その間、人材が不足するからな」

「安定期に入っても、妊婦を現場に出すことなんてできないんじゃねえの？」

「その間は治療院に行ってもらおうと思っている。ウォルフォード夫人は言うまでもなく、ビーン夫人も治癒魔法は使えるからな」

「そうなんだ」

治療院なら、妊婦にも負担は少ないか。

確かに真面目な話だ。

今後、ありうる展開の話をしているとマリアが唸《うな》っていた。

どうした？

「うう……私も妊娠したあとの心配とかされたい……」

「あたしらには夢の話だなあ……」

マリアとアリスが遠い目をしている。

リンは興味なさそうだな。

「二人にだって、そういうときが来るわよぅ」

「黙れ裏切り者!!」

「そうだよ！　殿下！　その話、ユーリにもしてあげてくださいよ！」

「カールトンに？」

「ちょ、ちょっとぉ！」

ユーリがメッチャ慌《あわ》ててる。

っていうか、ユーリにもその話……つまり妊娠したあとの話をしろってことは……。

「え？　ユーリも結婚すんの？」

「ま、まだしないわよぉ」

「まだってことは、いずれ予定はあるんだ」

「そ、そんなのわかんないよぉ」

「ってことは、まだ具体的な話は出てないのか。相手って、モーガンさん？」

俺がそう言うと、ユーリだけじゃなくてシシリーもビックリした顔をしていた。

ちなみにモーガンさんとは、ビーン工房で働いている革職人さんだ。

俺もいつもお世話になっている。

あの人の作る革細工ってお洒落《しゃれ》だし格好いいんだよな。

「なんでウォルフォード君が知ってるのおっ⁉」

「え？　だって、ビーン工房で仲良さげに話してるの見たことあるし。付き合ってたとしたら納得だし」

「ええ⁉　シン君、知ってたんですか⁉」

「知ってたっていうか、多分っていう感じ？」

「ズルいですよ！　教えてくれてもいいのに！」

シシリーはすっかり復活して俺に詰め寄ってきた。

っていうかズルいって……。

「確認したわけでもないし、明言されたわけでもないから言えないじゃん」

「むー」

仲間の恋バナというオイシイ話題を教えてもらえていなかったことにご立腹のシシリー。

むくれてる顔も可愛いです。

「そうか、カールトンにもその予定があるなら、すぐに言うようにな。隠していると周りに影響が出る」

「はぁい、分かりましたぁ」

ユーリはションボリしながら返事をした。

なんでションボリしてるんだ？

「もう、アリスゥ。バラさないでよう」

ユーリがアリスにジト目を向けている。

っていうか、名前までバラしたのは俺だった。

「ゴメン。もしかして内緒にしときたかった？」

「シシリーにも口止めしたのにぃ」

ああ、悠皇殿《ゆうこうでん》からミン家に帰ってきたときか。

シシリーが俺になにか言おうとして口塞がれてたっけ。

「あれ、この話だったの？」

「はい。まさかシン君が知ってるとは思いませんでした」

「っていうか、元凶《げんきょう》はアリスだよぅ。アリスがあんなこと言うからバレちゃったんじゃない」

「あれ？　アリスはあのとき俺たちの近くにいたよな？」

ユーリを拉致《らち》していったのはシシリーとマリアだけだったはず。

「だって、あたし知ってたもん」

「そうなの？」

アリスが他人の色恋事情を知ってるなんて意外だ。

「ユーリとは、リンも含めてよく遊ぶからさあ」

「そのとき、街で偶然相手と会った」

「なぁんか怪しい感じだったからさあ」

「問い詰めたら吐いた」

「問い詰めるって……」

ユーリはナニをされたのだろうか……。

「ユーリと私のなにが違うの？　胸？　やっぱり胸なの？」

マリアがハイライトの消えた目で自分の胸を揉んでる。

やめるんだマリア！

十分標準以上あるから！

マリアの場合は、胸とか容姿がどうこうじゃなく、単に理想が高すぎるからだと思うんだけど……。

下手《へた》な慰《なぐさ》めは逆効果になりそうだからやめておこう。

「いやあ、ウチはそういうのがなくて良かったねえ」

「僕もです」

「拙者もで御座る」

「ああ、トニーたちのとこは報告の必要ないもんな」

トニーの彼女であるリリアさんは、確か省庁に勤務だったかな？

事務員さんなので妊娠しても仕事は続けられるし、そもそもアルティメット・マジシャンズの業務に関係ないから報告の必要はない。

トールとユリウスのとこもそうだな。

トールの婚約者であるカレンさんと、ユリウスの婚約者であるサラさんは貴族の娘さんで、トールとユリウスもそう。

結婚したら、そのまま奥さんとして領地経営の補佐をするらしい。

それもアルティメット・マジシャンズには関係ない。

「まあ、報告の義務はないが、祝ってやらねばならないから教えろよ？」

「あはは。殿下からお祝いされたら、ビックリするだろうなあリリア」

「いい加減慣れて欲しいものなのだがな」

「そういえば、トニーとリリアさんの結婚式にはオーグも出るんだろ？　大丈夫か？」

「どうだろ？　緊張してガチガチになっちゃうかもね」

トニーはあはは、と笑いながらそう言った。

「我らと顔合わせをしてから、もう二年以上経つというのに、一体いつになったら慣れるのだろうな」

オーグは溜め息を吐きながらそう言う。

「まあ、リリアは特別な力とか持っていない完全な一般市民ですからねえ。皆と会うたびに緊張するって言ってました」

「そうなの？　でも、カレンさんやサラさんは大分俺らと打ち解けたと思うけど」

「貴族ってだけでも特別なのさ」

そう言われればそうかも。

「まあ、祖父母が賢者様と導師様っていうシンほどじゃないけどねえ」

「それを考えると、シルバー君も大分特別ですね」

「曾祖父母が賢者様と導師様で、両親が英雄と聖女で御座るか。特別も特別で御座るなあ」

そう言われると、ウチの一家がおかしいみたいに聞こえるわ。

まあ、シルバーは特別可愛いけどな！

と、そこで、アリスが何気ない感じでオーグに訊《たず》ねた。

「そういえば殿下。なんでシン君は貴族になんないんですか？」

その言葉で、皆の注目が一斉にオーグに集まった。

そう言われれば、そんな話は一回も聞いたことなかったなあ。

アリスの言葉を聞いた途端、オーグの眉間《みけん》に皺《しわ》が寄った。

「シンの功績だけを見れば十分に貴族になれる。というか、普通なら侯爵《こうしゃく》くらいに叙されていないとおかしい実績だ」

「魔人の討伐、スイードの救援、シュトロームの討伐による旧帝国領の奪還《だっかん》に数々の魔道具の開発ですね。そういえば、固定式通信機のインフラができたそうですから、そろそろ個人向けに解放されるみたいです」

トールが指折り数えながら、俺のしたことを列挙していく。

よくよく考えたら、結構なことしてんな。

「確かに、どれか一つでも貴族に叙されていてもおかしくないで御座るな」

「え？　じゃあ、なんでされてないんですか？」

アリスがそう聞くと、オーグは深い溜め息を吐いた。

「アールスハイドで爵位《しゃくい》を授与し貴族になるということは、アールスハイド王家に忠誠を誓うということだ。つまり、アールスハイド王家の命に従う義務が発生するのだが……シンはもはや世界の英雄だぞ？　アールスハイドでそんなことをしたら、世界中からなにを言われるか分からん」

そうなの？

「それになにより、そんなことをしてマーリン殿やメリダ殿が黙っているか？」

「うわあ……絶対怒りそう」

「そういうことだ。なのでシンを貴族に叙することは難しいのだ」

「へえ」

貴族になりたいとか全く考えたことがなかったから、気の抜けた返事をしたらオーグがガックリと肩を落とした。

「まあ……マーリン殿とメリダ殿も、魔人討伐の功績で貴族に、という話を蹴ったらしいからな。そこはお二人の薫陶《くんとう》を受けた孫ということか」

「それもあるかもしれないけど、俺、十五まで森暮らしだったんだぞ？　今の生活だって十分すぎるくらいなのに、それ以上って言われてもな」

森の奥深くでの生活から、突然都会での豪邸暮らし。

それに溺《おぼ》れてしまう人間もいるだろうけど、元々前世でそこそこの生活ができていた平民としては、今の状況だけでも十分すぎる。

俺の反応に、オーグは感心した様子だった。

「お前のそういうところだけは、本当に評価できるな」

「だけって……」

他に評価するところはないのかよ？

「でも確かに、シン君ってそういう野心ないよね」

「そうだねえ。もしシンが野心家なら、今頃第二のシュトロームになっていてもおかしくないからねえ」

アリスの言葉にトニーが同意する。

その話って前にナバルさんにしたことあったけど、世界征服なんて面倒なことしたくもないよ。

そんな中、リンは首を傾《かし》げていた。

「大きな力を持った人間は力に溺れて傲慢になりやすい。ウォルフォード君はなんでそうならなかったの？」

「なんでって言われてもな……」

興味がなかったとしか……。

リンの質問に、どう答えていいか分からず困っていると、苦笑したシシリーが助けてくれた。

「お婆様がいらっしゃいますから……」

「「ああ……」」

その一言だけで、皆は納得したようで大きく頷《うなず》いていた。

「シンが恐れる人物がいたな」

「メリダ様には本当に感謝しかないですね」

「全くで御座る」

確かに、魔法の力でいえば、今の俺は婆ちゃんよりも強いだろう。

けど、なぜか婆ちゃんには逆らえない。

……幼少期からの刷り込みだろうか？

まあ、いっか。

「ということで、婆ちゃんのお陰ということで」

その説明が、一番手っ取り早いし説得力もある。

これからはそう言おう。

と、そこでオリビアから新たな疑問が。

「メリダ様がウォルフォード君に厳しいのは分かりましたけど、シルバー君にはどうなんですか？」

「どうって……」

俺は普段の婆ちゃんの姿を思い浮かべた。

「激甘だな」

「甘々ですね」

婆ちゃんのシルバーに対する態度は、本当にデレデレだ。

厳しいところは厳しいけど、それはシルバーが危ないことをして叱るときだけ。

それ以外は、多少の我儘《わまま》を言おうが困った顔をするだけ。

クワンロンへ向かう途中で一回家に帰ったときに、シルバーが泣き喚いていてもオロオロするだけだったしなあ。

婆ちゃんはシルバーに本当に甘い。

「……俺も孫の筈なんだけどな……俺、婆ちゃんに怒られた記憶の方が圧倒的に多いよ」

この待遇の差は一体なんなんだろう？

我が儘を言うシルバーに対し、苦笑しながら婆ちゃんが『やれやれ困ったねえ』なんて言う。

そんなの、俺の小さい頃には一回も見たことない。

なんでだ？　と首を傾げていると、皆の視線が俺に向いていた。

その顔は驚きに満ちている。

やはり、俺とシルバーとで接し方に差があることに驚いているらしい。

「不思議だろ？　やっぱ孫と曾孫《ひまご》だからかな？」

俺がそう言うと、皆の顔は益々《ますます》驚きで満ちた。

なんで？

「シン……お前、本気で言っているのか？」

「え？」

オーグは、本気で驚いているようだ。

だから、なんで？

「だって、シルバー君いい子だもんね」

「うん。いい子」

アリスとリンがそう言う。

「ちょっと待て。シルバーがいい子なのは全面的に同意するけれども、それだと俺が悪い子だったみたいじゃないか！」

俺だって小さい頃、爺ちゃんと婆ちゃんの言うことをちゃんと聞いていたし、お手伝いもちゃんとしてたぞ！

俺だっていい子だったわ！

「でもぉ、前にメリダ様、ウォルフォード君は手のかからない子だったけど、目を離したらなにをしでかすか分からない子だったって言ってたじゃないぃ」

そう言うのは、俺たちの中では一番婆ちゃんと交流の深いユーリ。

そういえば……爺ちゃんと婆ちゃんの手伝いをしたときは、ちゃんと褒《ほ》めてくれた気がする。

けど、魔法の実験をしたときや魔道具を作ったときは大概《たいがい》怒られるのだ。

「……あれ？　今とあんまり変わってない……」

今も婆ちゃんに怒られる最大の原因は、新しい魔法と魔道具を開発したときだ。

子供の時に怒られていた原因も一緒。

驚愕《きょうがく》の事実に気付いたとき、オーグがなぜか思案顔をしていた。

「ちなみにシン。お前、子供の頃に怒られたとき、なんと言って怒られていたのだ？」

「え？　えーっと、確か『危ないことするな』ってのが多かったかな」

当時、精神年齢が大人でも身体は子供だったからな。

大人が心配するのも無理はない。

それでも精神は大人だから、ついつい子供の範疇《はんちゅう》に収まらないことをしては怒られてたんだよなあ。

「なるほどな。シンが一向に自重しない理由が分かった気がする」

オーグのその言葉に、全員が注目した。

「え？　どういうことですか殿下」

マリアも興味があるのか、オーグに説明を要求した。

「まあ、あくまでも推測《すいそく》だし、シン自身は自覚していないだろうがな。シンは昔からメリダ殿によく怒られていた。ただそれは、子供が魔法を使うのは危ないからという理由が主だった」

まあ、そう言ったな。

「お前は、メリダ殿が怒るのは今もそれが理由だと思ってないか？」

「え？」

「もう子供じゃないんだから危ないことなんてない。そう思っているから、メリダ殿の説教が身に染みないんだろう」

オーグがそう言うと、全員が「ああ」と納得した。

いやいや、いくらなんでもそれはない。

「俺だって婆ちゃんが怒ってる理由くらい分かってるよ」

そう言うと、オーグにジト目で見られた。

「なら……なぜいまだに自重できないのだ？」

「なぜって……」

前世では当たり前だったから……。

「いや……あると便利かなって思って開発したら、実はそんなもの誰も考えもしなかったってことが多くて……」

そう言ったら、オーグに盛大な溜め息を吐かれた。

「はぁ……まぁ、お前が作るものは生活に役立つものが多いのも確かだからな」

「だろ？　なら、そんなにカリカリしなくてもいいじゃん」

「……たまに、今回の自走する乗り物のような、既存の業者の存在を脅かすようなものを考えつくからお前の作るものを警戒せざるを得んのだ」

「まあ、その辺も一応考えてるっちゃ考えてるけど……」

「ほう？　どんな考えだ？」

あれ？　意外と食いついてきた？

「えっと、街中は今まで通り馬車を走らせるとして、自走する乗り物は街から街への移動に使えばいいんじゃないかなって」

「それだって馬車が使われているだろう」

「例の、婆ちゃんの発明した馬具を使ってだよな？　それって馬に結構な負担になるし、そもそもそんなに沢山は走ってないだろ？」

「確かに、街中を走っている馬車に比べれば数はかなり少ないな」

「それだったらさ。馬車業者にその自走する乗り物を作ってもらって、馬は街中専用にすれば失業する業者とかいないんじゃないかな、って」

そういうの、一応素人《しろうと》なりに考えてみたんだけど……駄目かな？

と思っていると、オーグが真剣な顔をしてトールたちと話し合いを始めた。

「殿下、それなら大丈夫かもしれません」

「魔道具なら疲れ知らずで御座るしな」

「長距離の移動に革命が起きますよ」

「そう、だな。いや、しかし……」

しばらく話し合いをしていた三人だが、やがてオーグが俺を見た。

「確かに、それなら良さそうに聞こえるが……だが、最大の損をする人がいる」

「最大の損？」

「メリダ殿だ。魔道具の馬具は、メリダ殿が権利を持っている。長距離の移動を自走する乗り物に移し替えた場合、それらの魔道具が無用になる。そうなると、メリダ殿が損をすることになってしまう」

ああ、そんなことか。

「別にいいんじゃない？」

「なに？」

「婆ちゃん、もう唸るくらい金持ってるよ？　それに他にも魔道具の権利持ってるし。今更一つや二つ権利がなくなったって痛くも痒くもないって」

「そう、なのか？」

「……多分」

婆ちゃんだってもういい歳なんだから、これ以上お金儲けしなくてもいいんじゃないかな。

今でも使用人さんたちの給料以外に使い道なさそうだし。

……あ、最近はシルバーのおもちゃをよく買ってるわ。

そんなことを考えていると、オーグがフッと息を吐いた。

「自走する乗り物が完成していない現状でこれ以上話しても意味はないな。シン、とりあえず、約束通り完成したらまず私に見せろよ？」

「分かってるって」

そう言ってオーグとの会話を切り上げたときだった。

「『ウォルフォード君！　自走する乗り物ってなに⁉』」

目を輝かせたマークとユーリに詰め寄られたのだった。

あ、オーグが額に手を当てて溜め息を吐いてる。

「シンに毒され過ぎだ……」

俺は毒じゃねえよ！

◆

「はぁ……やっと解放された」

マークとユーリに、車のことを根掘り葉掘り聞かれた俺は、ドサッとソファーに座った。

「お疲れ様です。はい、お茶どうぞ」

「あ、ありがとシシリー」

グッタリしている俺に、シシリーがお茶を差し出してくれた。

アールスハイドでお茶といえば紅茶を指すのだが、クワンロンで出てくるお茶は中国茶みたいだった。

器も、ティーカップではなく湯呑《ゆの》みみたいに取っ手のついていないもの。

それを受け取り、熱々のお茶をすする。

「はぁ」

「それにしても、シン殿は美味しそうに飲みますね。そんなに気に入ってくれましたか？」

疲れた身体にお茶が染み込み、思わず溜め息を吐くとシャオリンさんがちょっと嬉しそうに聞いてきた。

その顔はさっきに比べれば大分晴れやかだ。

自分の心情を吐露《とろ》したことと、その解決案が見つかったからだろう。

「もしよかったら、お土産として茶葉を持って帰られますか？」

「え？　いいの？」

シャオリンさんのその提案に、俺は思わず飛び付いてしまった。

「構いませんよ。そうだ、茶器も必要でしょうから、それもお付けしますね」

「そ、そんな！　申し訳ないですよ！」

おお、茶葉だけでなく急須《きゅうす》と湯呑みもつけてくれるのか。

俺は単純にありがたいと思っていたのだが、シシリーがすごく恐縮している。

そんなシシリーに、シャオリンさんは首を横に振る。

「いいんです。これは、今までずっとシン殿を疑惑の目で見てしまっていたお詫びの意味もあるんですから」

「そう、ですか」

「ええ。ですから、今回は、贈らせてください」

「今回は、ですか？」

シシリーの疑問に、シャオリンさんはフッと微笑んだ。

「ええ。今は為替《かわせ》レートも確定していませんしね。次回からご購入頂ければ」

今回はお詫びなのでタダであげるけど、次は買ってね？　と言っているシャオリンさんに、シシリーも笑みを返す。

「ふふ。では、御好意に甘えさせていただきます。ありがとうございます」

「はい。今後ともご贔屓《ひいき》に」

シシリーとシャオリンさんは、お互いに微笑み合っている。

さっき、あんなことがあったとは思えないほど和《なご》やかだなあ。

「それにしても、あの遺跡にはまだ利用価値のあるものがあったんですね」

さっきまでシシリーと微笑み合っていたシャオリンさんが、今度は俺に話しかけてきた。

「俺からしてみれば、あの遺跡は宝の山ですよ。なんで、放置されてるんだろ？」

あれだけ高度な文明の遺跡が遺《のこ》っているのに、なぜ手付かずなのか俺には不思議でならない。

「それは、遺跡から発掘される出土品でそのまま使えるのが武器だけだからです」

「そのまま……あ、そういうことか」

「はい。武器以外のものは、腐食したりして原形を留めていないものが多いのですが、武器だけはそのまま出土するんです」

「ふーん。ということはあれかな？　日用品は壊れてもいいけど、武器は壊れちゃマズイから原形を留めておくような付与でもされてたのかな？」

「おそらくはそうかと」

「え？　どういうこと？　日用品も同じ付与すればいいじゃん」

俺とシャオリンさんが話していると、アリスが不思議そうに聞いてきた。

「武器ってさ、敵を倒すためのものではあるけど、同時に自分の身を守るものだろ？　壊れてもらっちゃ困るんだけど、日用品はある程度壊れてもらわないと駄目なんだよ」

「なんで？」

「壊れないと買い替えてもらえないだろ？」

前世でも、家電って古いものほど壊れにくく、新しいものほど壊れるイメージがある。

買い替えてもらったり、消耗品《しょうもうひん》を購入してもらわないと企業が儲からないからな。

「うわ、ズッル！」

「しょうがないッスよアリスさん。日用品はある程度で買い替えてもらわないと、利益が出ないッスから……」

企業側の思惑《おもわく》をズルいと断じるアリスだが、マークは理解を示した。

工房の息子だしな。

「……ひょっとして、マークんとこの魔道具って、壊れやすいようにしてる？」

「そんなことしてないッスよ！　ただ、遺跡から出てくる武器みたいに壊れない付与はしてないってだけッス！　それに、そんな付与しても意味ないッスし」

「なんで？　壊れないならその方がいいじゃん」

「付与したって、ずっと魔力を流し続けないと意味ないんですって」

「あ、そうか。ってことは、遺跡から出てくる武器は、魔石が使われてんの？」

アリスが聞くと、シャオリンさんは頷いた。

「状態維持用なので極小さいですけどね」

「ほええ、なんて贅沢な」

西方世界では、魔石はまだ希少だからな。

これだけ贅沢に魔石を使えるとなると、人工的に作っていたという説が濃厚になってきた。

前文明が崩壊してから今まで絶えず魔石が採掘できるとなると、その魔石鉱山にある人工魔石製造機は魔力を取り込んで魔石を生成する、その魔石をエネルギーとして利用する、また魔石を生成する、というサイクルが出来上がってるんだろう。

ある意味永久機関だな。

「それにしても、わざわざ魔石を使ってまで武器の状態維持に力を入れるとは……前文明とは、それほどに殺伐《さつばつ》とした世界だったのだろうか？」

武器に状態維持の付与がされていることに、オーグが眉を顰《ひそ》めた。

「どうなんでしょう？　あれだけ高度な文明が築かれているということは、そんなに頻《ひん》繁《ぱん》に戦乱が起きていたとは考えにくいですけど」

「しかし、建物の損傷を見るに、どうみても戦争が行われたとしか思えんで御座る」

「魔物対策なのだろうか？　シャオリン殿、武器の類いはどういった遺跡から発掘されるのだ？」

トールたちと話し合っていたオーグが、シャオリンさんに話を振った。

「今回我々が行ったような遺跡で見つかることはほぼないですね。ただ、見つかるときはまとめて大量に見つかります」

「ふむ、軍の武器保管庫のようなものだろうか？」

「おそらくそうだと思います」

今日行った遺跡は、オフィス街っぽかったからな。

そんなところに武器なんて置いてないか。

でも「ほぼ」ってことは、たまに見つかるんだろう。

自衛のためか犯罪に使うためかは分からないけど、持ってる人もいたと。

で、まとめて出てくるってことはオーグの言った通り武器保管庫みたいなところだろうな。

今も昔も魔物被害は出てるってことか。

「となると、ハオはあの武器を軍の武器庫から発掘したということか」

オーグがそう言うと、シャオリンさんは神妙《しんみょう》な顔をして頷いた。

「その通りです。将軍が言うには、ハオが謀反《むほん》を起こそうとするほど強力な武器が保管されている武器庫が見つかったという報告は受けていないそうです。現在、ハオの私兵から事情を聴取しておりまして、間もなく場所が特定されると思います」

「その辺りの管理は厳重になされているということか」

「今回のような武器が再度発掘され、それが良からぬ思想の持ち主の手に渡った場合、最悪の事態も考えられますから」

「軍も躍起《やっき》になるか」

「はい」

ハオが引っ張り出してきたレールガンは弾が装填されていなかったからなにも被害は生じなかったけど、もし弾が装填されていてあの場で発射されていたら……。

クワンロン皇帝がどこにいるかは知らないけど、万が一皇帝がいる場所に向かって発射したらひとたまりもない。

皇帝弑逆《しいぎやく》による政変勃発まったなしだ。

「最近、新たな遺跡は見つかっていないのですが、今回のことで遺跡探索に力を入れると思います」

「遺跡探索か……」

シャオリンさんの話を聞いたオーグは腕を組んで考え込んだ。

「どうした？」

「いや、クワンロンではこうも容易《たやす》く遺跡が見つかるというのに、我らの地域では全く見つかっていないのだなと思ってな」

「そういえばそうですねえ。そのせいで、アールスハイドでは前文明は都市伝説扱いですし」

オーグの疑問に、都市伝説大好きなトニーが食いついた。

「前文明は、この辺りでだけ発展してたとか？」

「あんな凄《すご》い街を作れるのよ？　その方が違和感よ」

アリスとマリアも話に参加してきた。

オカルトが苦手なマリアも、失われた前文明という都市伝説なら怖くはないか。

「でもでも、クワンロンにはこんなにいっぱい遺跡があるのに、なんでアールスハイド周辺にはないのさあ？」

「……跡形もなく、木端《こっぱ》微塵《みじん》に吹き飛んだから……かな？」

アリスの言葉に、ついそんな言葉を漏《も》らしてしまった。

その瞬間、皆の視線が俺に集中した。

「多分、今のアールスハイド周辺にあった国と、クワンロン辺り……東方世界にあった国が衝突《しょうとつ》したんだろうな。で、西方世界にあった国は、完膚《かんぷ》なきまでに叩き潰された。

それこそ、街や村、一つも残さずに」

「ば、馬鹿な……そんなことが可能だというのか……」

俺の推測に、オーグが震える声でそう言った。

まあ、この世界の常識じゃあ信じられないよなあ。

「可能だったんじゃない？　どうも空も飛べたみたいだし」

俺がそう言うと、トールは合点がいったという顔をした。

「それは……つまり、空から極大魔法を撃ち込んだ……」

「魔法とは限らないんじゃないか？　それこそ、魔道具をばら撒《ま》いたのかも」

空から、極大魔法級の威力がある魔道具が大量に降ってくるところを想像したのだろう。

皆が青い顔になった。

「どういう経緯でそうなったのかは分からないけど……どちらかがそれを先に使ったんじゃないかな？　それで報復として同じような魔道具を使った。結果、お互い引くに引けなくなって、どちらかが壊滅《かいめつ》するまで戦い続けたんじゃないか？」

一線を超えてしまったことと、引き際を見失ったこと。

この二つが、前文明崩壊に繋がったんじゃないだろうか
「戦争が終わったあとの世界はどうなってたんだろうな？　片方は完全に消滅し、もう片方も文明を維持できないほどのダメージを受けた。恐らく、人類は一度滅びかけてるだろうね」

前文明の記録が完全に消失しているんだ、どれだけの破壊だったのか想像もつかない。それでも、僅《わず》かに残った人類は少しずつ数を増やし、ようやく今の世界が出来上がったんだろう。

「まあ、記録が残ってないから全部想像なんだけどね」

俺がそう言うと、黙って俺の話を聞いていた皆が揃って息を吐いた。

「お前……なんて恐ろしい想像をしているんだ」

そう言うオーグは、ドン引きの顔をしている。

ええ？　あんな高度な文明が崩壊してるんだから、結構思い付く話じゃないの？

だが、そう思っていたのは俺だけだったようだ。

「ホントに想像なの？　なんか、確信めいた感じがしたんだけど……」

マリアの言葉に、他の皆も首肯した。

「確信なんかないって。シャオリンさんから聞いた話と、あれだけ高度な文明が滅んだこと、アールスハイド周辺……っていうか西方世界に遺跡が全く見つかってないことを考えたら、そう考えるのが自然じゃない？」

前世に酷似したあの世界で戦争が起こったらこういうことが起きる……というのを予《あらかじ》め知ってるとは悟られないように、こういう段階を踏んで推測したと伝えると、一応ちらほらと納得する顔も見えた。

「空から無差別に攻撃したのなら、一般市民も巻き添えにしてしまうのも無理はないですか……」

「戦争に一般市民を巻き込むなど信じたくはないが……しかし、それならば納得はできるか。理解はできんがな」

「それでいいよ。っていうか、そうじゃないと駄目でしょ」

そもそも戦争なんてするもんじゃないけど、国家間での利害の不一致とか、領土問題とか、争いが起きることはある。

そんな国家間の争いに、一般市民は関係ない。

それなのに前文明時代に起こった戦争では、国が丸ごとなくなっている。

ということは、一般市民が大勢犠牲になったということだ。

……多分だけど、子供に前世の記憶を呼び起こさせる行為を人為的に行っていたと思われる前文明。

倫理観もかなり破綻していたのかもしれない。

そう思ったのは俺だけではなかった。

「国民丸ごと滅ぼすなんて……シュトロームみたいだね」

アリスにしては珍しく、沈痛な顔をしてそう呟《つぶや》いたその言葉は、皆の心情を代弁していたようで、揃って暗い顔をしていた。

「前文明時代にも魔人はいたのかしら？」

マリアの疑問に、オーグは思案顔をした。

「もしかしたらいたかもしれんが、もっと恐ろしいのは、それを普通の人間が行った場合だ。むしろ、その可能性の方が高いのだろうな」

シュトロームやそれに従っていた魔人たちは、帝国に恐ろしいほどの恨みを持っていた。

そのため、皇帝や貴族に留まらず一般市民まで虐殺した。

しかし、前文明で起こったのは戦争だ。

恨みによる報復じゃない。

それなのに、敵国全てを滅ぼすまで戦うなんて……正気の沙汰じゃない。

「それにしても、その魔道具を作った者は、そういう可能性を考えなかったのだろうか？　文字通り世界が滅んでしまっているではないか」

「まさか、本当に使うとは思ってなかったんじゃない？」

オーグの疑問に答えると、話を続けろとばかりに俺を見てきた。

「製作者は抑止力のつもりだったんじゃないかな？　こっちにはこんな武器があるんだぞと、敵国が迂闊《うかつ》に攻め込んでこないように牽制《けんせい》しようとした。けど、相手国もそれに対抗して同じような武器を作り出した。そして、どちらかの国が、実際に使ってしまった。あとは報復合戦……かな」

俺の発言に、皆言葉をなくして黙り込んでいる。

そんなに意外なことだろうか？

状況を推理すれば辿り着きそうな仮説だけどな。

「開発者も実際に使わないように念押ししてたと思うけどね。前文明の為政者《いせいしゃ》はその開発者の意図を理解できなかったんだろうな」

強力な魔道具だから使った。

ただ、それだけだったんだろう。

前文明がどんな政治体制だったのかは知らない。

専制君主制だったのか民主制だったのか。

為政者の一族に前世の記憶を持っているものがいたのなら、その魔道具を使わないように進言することもできただろう。

けど、前世の記憶を思い出させるには一度幼子を死《し》の淵《ふち》に追いやる必要がある。

為政者の子供に、そんなことをするとは思えない。

結果、使ってはいけないことが分からない者がトップに立っていた。

そして、崩壊は起こった。

そんな前文明崩壊の推測をしていると、アリスが思いもよらないことを言った。

「う〜ん、これはあれだね。あの説が俄然《がぜん》真実味を帯びてきたね」

「あの説？」

なんのこっちゃ。

そう思っていたが、続いて発せられた言葉に心臓が跳ね上がった。

「シン君が、前文明時代の記憶を持ってるって説だよ！」

「ちょ……なに言ってんだ、アリス」

びっくりした。

メッチャびっくりした！

まさか今の話からそんなことを言い出すとは思いもよらなかった。

そう思って周りを見てみると、皆意外そうな顔は……していなかった。

え？　皆も薄々疑ってたの？

そう思ってオーグを見ると、真剣な顔をしていた。

「最初は、なにを戯《ざ》れ言《ごと》をと思っていたのだがな……今の話を聞いてしまうと、コーナーの言うことが真実に思えてしまう」

お前もかよ⁉

え？　ヤバイ、ひょっとして喋《しゃべ》りすぎた？

前世の記憶とか関係なしに、ちょっと推理ができれば辿り着くであろう話しかしなかったはずなのに。

「……我が国の調査団も、シン殿の仰《おっしゃ》るような推論にはまだ達していません。しかし、シン殿の説明を聞くとそれが真実のように思えます」

シャオリンさんは、元々俺が前文明の魔道具に付与されている文字と同じ文字を使っていることを不審《ふしん》に思っていたからなのか、その説を信じている感じがする。

「お前の言う、抑止力としての強力な魔道具の開発。それを空から投下する戦術。各国の取ったであろう行動。どれも、私たちには想像もつかなかったことだ」

オーグはそう言うと、真剣な顔をして俺に言った。

「なあシン。これはとても重要なことだ。前文明という高度に発達した文明が本当に存在し、それが崩壊した。そのことを知った今、私はどうしても知らなければならない」

「知らなければって……なにを？」

「……私たちの世界も、このまま文明が発達していけば、前文明と同じ末路を辿ることになるのかどうかだ」

その言葉に、俺はオーグがなにを懸念《けねん》しているのか理解した。

今の世界では、人類の手で人類が滅ぶようなことはまずありえない。

それこそ、世界を憎み滅ぼそうとする魔人以外は。

しかし、今後文明が発達していけばどうか。

街や都市一つを破壊してしまう兵器が作られないとは限らない。

そうなった場合、前文明と同じ末路を辿らないとも限らない。

そうならないように、それを回避する手段を知っておかなければいけないと考えたんだろう。

「シン。正直に答えてくれ……お前には前文明時代に生きた記憶があるのか？」

「……」

真剣な、揶揄う感情など一切ない眼差《まなざ》し。

オーグは、そんな目で俺を見据えながら、核心を突く質問を投げかけてくる。

俺は……オーグのその視線から目を逸《そ》らし周りを見た。

そこにいるのは、俺の友人たち。

俺が巻き込み、人生を変えてしまった人たち。

俺は今まで、この大切な友人たちに真実を打ち明けてこなかった。

それは重大な裏切りなんじゃないだろうか？

前世の記憶という、この世界にはない知識を用いて過分な立場まで手に入れた。

それは、友人たちだけでなく、この世界に住まう人々を欺《あざむ》いていることになりはしないか？

しかし、それを打ち明けたとき、皆から嫌われはしないか……。

だけど……。
そうやって葛藤《かっとう》していると、オーグが更に話しかけてきた。
「シン、頼む。答えてくれ」
それは、まさに懇願《こんがん》といった様子だった。
オーグは興味本位で聞いているんじゃない。
この世界の行く末が心配だから聞いているんだ。
それなのに俺は……皆に嫌われるかもしれないと、そればかりを考えていた。
なんて……なんて情けないんだ、俺は。
オーグの真剣な眼差しに、俺は……腹を括《くく》った。
「前文明の記憶は……俺にはないよ」
俺がそう言った瞬間、オーグは残念そうな顔をした。
「そうか……残念だ」
実際声にも出した。
その残念だという言葉は、俺が前文明の記憶を持っていないことが残念だったのか、
正直に答えてくれないことに対してなのかは分からない。
ひょっとしたら失望されたかもしれない。
だから、俺は……。

「前文明の記憶はないよ。そのかわり……」

言うぞ。

「……違う世界で生きた記憶を持ってる」

俺は、最大の秘密をカミングアウトした。

第四章　暴露

「ち、違う世界で生きた記憶……だと？」

オーグは信じられないといった表情でそう呟《つぶや》いた。

「待て待て待て！　それは一体どういう意味だ⁉　前文明とは違うのか⁉」

信じられないというよりも、意味が分からないという感じだな。

それは皆も同じようで、困惑気味な顔をしている。

その中で、誰よりも理解が早かった者がいる。

「シン！　そ、それって、異世界ってことなのかい⁉」

都市伝説大好きなトニーだ。

その手の雑誌でも度々『異世界からの来訪者』だの『異世界への扉』だの、胡散臭《うさんくさ》い特集が組まれることがある。

都市伝説愛好家の中では、異世界って割とポピュラーな話題だったりする。

実際俺自身が異世界で生きた記憶を持っているので、そういった記事が載っていると思わず読んでしまう。

もしかしたら、俺以外の転生者がいるのかもって。

ただまあ……そういった記事のほとんどは捏造《ねつぞう》なんだけどね。

異世界の詳しい話は載ってないし、必ず最後は『かもしれない』とか『思われる』って口上で締めくくられるからな。

「そ、それで⁉　シンのいた異世界ってどんなところなんだい⁉」

「トニーは疑わないのかよ？」

「正直言って、シンが異世界から来たって言われたら妙に納得したよ！」

トニーがそう言うと、皆も納得したような顔をした。

「え？　それで終わり？」

「それでって、どういう意味よ？」

俺の言葉の意味が分からなかったのか、マリアがそう聞いてきた。

「いや、てっきり皆から軽蔑《けいべつ》されるんじゃないかって、ずっと思ってたから……」

今まで、俺が前世の記憶を持っていることを打ち明けなかった理由を話すと、マリアが呆《あき》れた顔をした。

「正直言って、シンってもう別枠なのよねえ」

「別枠？　なんの？」

「……」

「人間の」

あれ⁉ 俺、人間だと思われてなかった⁉

「だから、異世界の記憶持ってるって言われると、ああ、なるほどって納得しちゃったわ」

「そうですね。正直シン殿の頭の中身はどうなっているのかと常々思っていましたが、異世界の記憶を持っているのなら色々と納得できますね」

「で御座るなあ」

「納得しちゃうのかよ⁉」

トールとユリウスは、なぜか清々《すがすが》しい顔をしていた。

なんというか、喉に刺さった魚の小骨が取れたような感じだ。

そ、そんなに不審《ふしん》がられていましたか……。

「ねえねえ！ じゃあ、あたしらが着てる服のデザインも異世界の記憶？」

アリスたちが着てる服って、キューティースリーの衣装か。

「まあ、そうだよ」

「それも納得。あれは斬新《ざんしん》すぎる」

アリスと同じように、あの服を着ているリンも納得顔だ。

「ってことは、ウォルフォード君の開発する魔道具は、前世にあった魔道具ってことッスか⁉」

「もっと教えてよぉ！」

マークとユーリは別のところに食いついている。

……君ら、いつの間にそんな魔道具好きになったのかね？

と、そこは修正を入れないといけない。

「魔道具はなかったよ」

「「え？」」

俺のその言葉に、マークとユーリは首を傾《かし》げた。

「俺が覚えてる世界には、魔法は存在しなかったんだ」

『え⁉』

その説明に、皆は意味が分からないという表情をした。

「ちょっと待て。お前の覚えている世界……もう前世でいいか、そこに魔法がなかったのなら、なぜお前の魔法はあれほどに強力なのだ？」

「あー、前世の世界には魔法がない代わりに、科学が発達してたんだ」

「かがく？」

「ああ、この世界でも、いろいろな現象が起こるだろ？　火をつけたら燃えるとか、水を冷やしたら凍るとか、温めたら蒸発するとか」

「お前が魔法を使う際にイメージしているものだな」

「そう。それが発達していてね。それを応用することで、魔道具と同じ効果が得られるんだ」

オーグにそう説明するが、イマイチ理解できないらしい。

そりゃそうだ、魔道具は魔法で動いているもの。

それ以外の原理なんて理解できるはずがない。

「前世では色んな現象が利用されていたけど、一番多く利用されていたのは、電気だな」

「でんき？」

「雷だよ」

俺がそう言うと、雷の魔法を得意とするオーグが驚愕《きょうがく》に目を見開いた。

「馬鹿な⁉ 雷は確かに強大な力だが、あれは一瞬の自然現象だ！ どうやってそんなものを利用するというのだ⁉」

「分かりやすく雷って言っただけで、自然界の雷なんて利用できないよ」

「自然界の……ということは、人工的に雷を作れるというのか⁉」

「できるよ」

その言葉に、またも驚愕するオーグ。

「人工的な雷……電気を発生させる方法はいくつかあるけど、その全部を知ってるわけじゃない。そんな専門知識は持ってないからね」

「全部ではないということは、一部は知ってるということか」

「うん。こうするんだ」

俺は紙にモーターの絵を描いた。

軸にコイルを巻いて、周りに磁石を配置する、メッチャ簡単なやつ。

「ここに電気を流すと、この軸が回転する」

「……いや、電気の利用方法ではなく、どうやって発生させるかと聞いているのだが……」

「逆に、この軸を回してやると、電気が発生するんだ」

まあ、これはあくまで原理であって、実際の発電機はもっと複雑な構造をしてるんだろうけど、そんなの知らないしな。

「なるほど……こういった知識が、お前の中にはあるということか」

「まあ、あくまで一般的な知識だけ、だけどね」

「それで、そういった原理を使ってどういったものが作られていたのだ？」

オーグのその質問に、俺はできる限り答えた。

まず、俺が作りたいと言っていた車が世界中を走り回っていること。

車以外にも、大勢の人間を一度に運べる電車や、空を飛ぶ飛行機などがあったこと。

そして、宇宙にまで進出していることを語ると、全員が呆然《ぼうぜん》とした顔になっていた。

「ふう……お前が非常識な理由がようやく分かった。そういったものに囲まれていたお前にとっては、それが常識だったんだろう。そして、お前が当たり前に再現しようとしたことが我らにとって非常識に見えていたのか」

「その辺が山奥で育った弊害《へいがい》だったなあ。世の中にどんなものが流通しているのか知らなかったもん」

「そうか。ところで、その前世の記憶はいつからあるのだ？　生まれたときからか？」

「いや、俺が前世の記憶を思い出したのは、じいちゃんに引き取られたときだったな」

俺がそう言うと、オーグがしまったという顔をした。

「……すまん」

「いいって。まあ、そのときだから、両親の顔は知らないんだよ」

「そうか……」

そこから、ポツポツと話をしていった。

魔法のない世界から転生したので、皆がつまらないと言う魔力制御の練習が面白くてしかたがなくて、頑張りすぎたこと。

前世の科学の知識が魔法に応用できることが分かったので、遊びと称して魔法の実験をやりまくったこと。

基準が爺さんしか知らなかったのと、前世の記憶ではもっと凄《すご》い兵器とかあったから、これでも全然まだまだだと思っていたことなどを話すと、皆は呆れつつも納得したという顔をした。

それが、俺には不思議だった。

「あの……皆は怒らないのか？」

「なにを？」

俺の言葉に、アリスが不思議そうに首を傾げた。

「だって、ズルイ……とか」

俺がそう言うと、皆は顔を見合わせた。

「別にズルなんてしてないですよね？」

「え？」

シシリーが言った言葉が信じられず、思わず聞き返してしまった。

「だって、シン君のいた世界には魔法は存在していなかったんですよね？　ということは、こちらに生まれ変わってから沢山練習したんでしょう？」

「まあね」

「じゃあ、シン君のその魔法の力は、努力で得た力じゃないですか。ズルイなんて誰も思いません」

シシリーはそう言うと、ニッコリと微笑《ほほえ》んでくれた。

正直、この話をするうえで一番怖かったのがシシリーの反応だ。

俺とシシリーはもう結婚してしまっている。

こんな重大な秘密を隠したまま。

それを告白することで、シシリーから見限られるんじゃないかと、ずっと恐れていた。

けど、シシリーは受け入れてくれた。

「その……シシリーは怒ってない？」

「なにをですか？」

「俺が……このことを隠していたの……」

「そうですね……」

シシリーはそう言うと、少し俯《うつむ》いた。

「正直に言えば、話してくれなかったのは寂《さび》しく思います。けど、話し辛いのも分かります。ですから、怒ってはいませんよ」

「そっか……」

「ただ……」

「ん？」

「……私にだけ話してくれていればなあって思いました。そうしたら、二人だけの秘密にできたのにって」

恥ずかしそうにそう言うシシリーを見て、俺はなんて幸せ者なのかと思った。

こんな重大事を隠していたにもかかわらず、変わらずに愛してくれているシシリーのことが愛おしくてしょうがなかった。

俺は思わず、隣に座っているシシリーを抱き寄せてしまった。

「シシリー……」

「シン君……」

「すまんが、そういうのはあとにしてもらえるか？」

「「‼」」

オーグのツッコミで我に返った俺たちは、周りに全員揃っていることを思い出し、高速で身体を離した。

周囲を見回すと、皆ニヤニヤしている。

「これは、さっきの話はウォルフォード夫人が一番最初になりそうだな？」

ここでさっきのママ友の話を蒸し返すんじゃねえよ！

ああ、シシリーも真っ赤になって顔を隠しているし。

けどそのお陰なのか、周りの空気は和《なご》やかなものになった。

正直、前世のことを告白することでこんな空気になるとは思ってなかった。

俺は、いわばズルをしていたわけだから、責められてもおかしくないと、むしろそうなると思っていた。

なのに、責めるどころかなぜか納得されてしまい、何事もなかったかのように今まで通りに接してくれる。

こんなありがたいことはない。

「皆……ありがとうな……」

「お前がなにに感謝しているのかは知らんが、もう少し詳しく話を聞かせてもらってもいいか?」

「ああ。なんでも聞いてくれ。答えられることにはなんでも答える」

「よし、じゃあまずは……」

オーグはそう言うと、次々に質問をしてきた。

その質問内容は多岐《たき》に渡り、俺が知らないことも多々あった。

その辺は申し訳なかったな。

ただ、世界の主な政治形態について話をしたとき、オーグがなにか考え込んだ。

「どうした?」

「いや……なあ、お前以外にも異世界の記憶を持っている奴がいると思うか?」

ああ、そのことか。

「いるよ……っていうか、いたよ」

俺がそう言うと、オーグは目を見開いた。

「断言するか……ということは、それが誰だか知っているということか」

「ああ、マッシータって知ってるか？」

「伝説の魔道具職人だろう？　まさか、そのマッシータが前世の記憶を持っていたのか？」

「他にも怪しい人はいるけど、この人だけは確定だよ」

「なぜそんなことが言える？」

「ばあちゃんに、マッシータの日記を読ませてもらったことがあるから」

俺のその言葉に一番反応したのはユーリだった。

「伝説の魔道具士マッシータの日記ぃ⁉　うそ⁉　ウォルフォード君、そんなの持ってるの⁉」

「ばあちゃんに見せてもらっただけで、俺のじゃないよ。頼んだら見せてもらえるんじゃやね？」

「やぁん！　うそみたいぃ！」

「うおっ！」

興奮したユーリは、俺に抱き着いてきた。

俺はソファーに座っていて、ユーリは立っていたので、俺の顔はユーリの胸に埋まった。

息が……。

「シン君……」

はい、ゾクッとしました。

左腕が凍りそうです。

「ユーリさん……恋人がいるのに、はしたないですよ……」

「あ、ごめぇんシシリー」

「ぷはっ！」

ユーリが離れたことで、ようやく息ができるようになった。

助かった……。

死因《しいん》が、嫁以外の女性のおっぱいによる窒息死とか、絶対に許されない。

「ありがとシシリー。助かった」

窮地《きゅうち》を救ってくれたシシリーにお礼を言うと、シシリーはちょっとむくれていた。

「私以外の胸に顔を埋めるなんて……」

「いや、俺がしたわけじゃないからね⁉」

「……あとで上書きしますからね？」

ちょっと拗《す》ねた感じの上目遣いでそう言うシシリーに抗《あらが》うことなどできようか？

いや、できまい！

「うん。お願い」

「いい加減にしろよお前ら」

正面に座っているオーグのこめかみに青筋が浮かんでいる。

「すまん。で、マッシータがどうしたって？」

「……そこで普通に話を進められるのか……いや、シンの言う民主政治というのが気になってな」

「ああ。俺がいた時代は先進国はほとんどがそうだったな」

「それは、誰でも政治家になれるということか？」

「建前はな」

「建前？」

「そりゃそうだろ？　突然、なんの政治の知識もない一般人が選挙に出て勝てると思うか？」

「それもそうか」

「新人で当選するのは、弁護士とか医者とか、高学歴な人が多かったな」

「それが高学歴なのかどうなのかは分からんが、確かに学識がある者の方が有利か」

「あと、有名人」

「有名人？」

「芸能関係とスポーツ関係が多かったな。もともと認知度が高いから、票が集まりやすいんだよ」

「……それでいいのか？」

「ちゃんと政治について勉強してるんならいいんじゃない？　中には国の重要なポストについてた人もいたし。で？　それがマッシータとなんか関係あんの？」

「いや、マッシータがどうこうではなくてな……もしかしたら、シンと同じような世界の記憶を持っている者がいるのかもしれないと思ってな」

「なんで？」

「いや……今はまだいい」

「なんだそれ？」

自分で話振っといて今はいいって。

なんか自己完結したのか？

「ところで、どうしてマッシータの日記を持っているメリダ殿がそのことを知らないのだ？」

「ああ、そのことね。前世の記憶云々に関しては、前世の文字で書いてあったから。それが俺が住んでた国の文字と一緒だったから、俺には読めた。けどばあちゃんは知らなかったから記号にしか見えなかった」

「まさか……」

「俺が付与で使ってる文字だよ」

俺がそう言うと、シャオリンさんがピクッと動いた。

「あれは、オリジナルの文字じゃなくて前世の文字だったのか」

「マッシータの魔道具に同じ文字で付与されてたからね。それで調べたんだよ」

「おい待て。マッシータの魔道具は全て失われたはずだぞ？」

「それがそうでもないんだよ。皆、市民証持ってる？」

「当たり前……まさか⁉」

「そう、この市民証ってマッシータの魔道具なんだってさ。ばあちゃんに教えてもらった」

「そうだったのか……」

皆市民証を取り出してマジマジと見始めた。

マークとユーリは特に熱心に見てるな。

「ちょっと待ってください。ということは、前文明時代にもシン殿と同じような転生者がいたということですか⁉」

　シャオリンさんが、驚愕の面持《おもも》ちでそう叫んだ。

「そうだと思います。というか、確定でしょうね」

「どういうことですか⁉　だって、シン殿の話では文明が発達したのはここ百年くらいのことでしたよね⁉　前文明は何百年……もしかしたら、何千年も前の話なのに！」

「それを俺に言われてもなあ……もしかしたら、魂が世界を渡る場合は時間の概念がなくなるのかも」

「マッシータも二百年ほど前の話だ。シンの説が正しいのかもな」

「それこそ、神のみぞ知るってやつだな」

　これぱっかりは検証のしようもないしな。

「しかし……ということは、シン殿と同じ知識を持った人がいて、あの文明を作ったと……」

「まあ、一人じゃないと思うけどね」

「え？」

「あんなの、一人の知識でできるもんじゃない。もっと沢山の専門知識を持った人間がいないとあんな都市はできない。多分、何人もいたと思う」

「シンのような人間が何人もか……想像もしたくないな」

それはもう、常識の違いってことで納得したんじゃねえのかよ！

オーグの失礼な物言いに憤っていると、トールがごく当然といった疑問を発した。

「しかし、そう都合よく異世界の記憶を持っている者がいるでしょうか？　それも何人も」

「おい」

「確かにそうよね。都合がよすぎるわ」

トールに同意したマリア以外の人も、そのことを疑問視する様子が窺《うかが》える。

「その辺はどうなのだ？　お前がそう言うということは、なにか思い当たることがあるんじゃないのか？」

オーグの質問に、俺は一瞬言うか言うまいか悩んだ。

だが、結局言うことにした。

秘密にしておいてあとから発覚するより、今のうちに知っておいてもらって対策をとる方がいいと判断したから。

「……俺が前世の記憶を思い出したのが、じいちゃんに引き取られたときって言ったろ？　じいちゃんの話によると、俺は救出されたとき魔物に襲撃されたことによるショックと冷たい雨のせいで仮死状態だったそうだ」

仮死状態という言葉を発した際、隣に座っているシシリーが俺の手をぎゅっと握った。

俺は、その手を握り返しシシリーに微笑みかけた。

「じいちゃんが見つけてくれる前くらいには息を吹き返してたらしい。泣き声に気づいて俺を見つけてくれたそうだから」

安心させるようになるべく優しい声でそう言うが、シシリーはまだ泣きそうだ。

まだ一歳くらいの赤ん坊のときに、そんな体験をするなんてと思ってるんだろうな。

過去のことなのに、そんな風に思ってくれるシシリーの思いが嬉しかった。

「そんで、じいちゃんに治癒魔法をかけてもらったんだ。曖昧《あいまい》だけど、その辺のこともうっすら覚えてる」

「ということは、仮死状態から復帰したときに前世の記憶を思い出したのか」

「そう。で、マッシータの日記にも似たようなことが書いてあった。マッシータは幼少期に馬車に轢《ひ》かれて生死を彷徨《さまよ》う大けがをしたそうだ。そして、その状態から復帰したときに、今までの記憶と前世で生きていた記憶が両方あって混乱したって書いてあった」

「……そういうことか？」

さすがオーグ、もう気付いた。

「多分、幼少期に死の淵《ふち》から復帰すると、極稀《ごくまれ》に前世の記憶を思い出すんじゃないかと思う」

俺がそう言うと、アリスが不思議そうな顔をしていた。

「なんで極稀なの？」

「幼少期に死の淵を彷徨う子供は割といるだろ。怪我をしたとか、病気をしたとか」

アリスの疑問に答えると、シシリーがフォローする話をした。

「そう、ですね。治療院にも時々そういう子供が運び込まれることがあります。でも、前世の記憶を思い出したとかそんな様子は……」

「だろ？　だから、極稀、なんだよ」

「そっかあ」

アリスはそれで納得した。

「あの、じゃあ幼少期というのは？」

今まであんまり会話に参加してこなかったオリビアが新たな疑問を呈してきた。

「大人は子供以上に生死の境を彷徨うことが多いのに、そんな事例は報告されてない。あとは単純に、前世の記憶を思い出したと思われる事例かな。あとこれは完全に想像だけど、脳が完全に発達する前だからってのもあると思う」

「ということは、他にもいるのか？」

「これは、マッシータみたいな証拠はないけどね。ソーロ船長はそうじゃないかと思ってる」

俺がそう言うと、トールが食いついた。

「ソーロ船長って、あのイーグル号のソーロ船長ですか⁉」

トールって見た目と違って、冒険とか男の子っぽいの大好きだからな。

「ああ、ソーロ船長の伝記でさ、幼少期のことが書いてあったんだ。子供のころ崖から落ちて大けがをしたソーロが死の淵から帰還すると、天才になっていたってな」

「なるほど……まさにシンの言う説と一致するな」

「証拠は見つけてないんだけどね」

ひょっとしたら、マッシータと同じように手記とか残ってるかもしれない。

ただ問題は、ソーロ船長ってアメリカ人っぽいから、その手記は英語で書かれてるであろうこと。

……俺、英語は苦手なんだよな……。

けど、ソーロ船長の手記は探してみても面白いかもと考えていると、オーグがハッとした表情になった。

あ、これは気付いたな。

「おい、まさか……前文明の人間はそれに気付いて……」

そう言うオーグの顔は真っ青だ。

そして、そこから連想される事態に、他の皆の顔色も悪くなる。

「多分な。前文明の人間は、幼い子供を死の淵に追いやり、治癒魔法で無理やり蘇生させたんだ」

俺がそう言うと、ミン家のリビングは痛いほどの静寂に包まれた。

「子供を……わざと死にかけさせて……」

「なんスかそれ!!　そんなこと許されていいんスか⁉」

オリビアは真っ青になって震え、マークは真っ赤になって怒っている。

この二人も子供を熱望しているからな。

その子供に対する非道ともいえる所業に我慢できないといった様子だ。

「落ち着けビーン。あくまで過去のことだ」

「っ！　はい……分かりました」

オーグの説得で、マークは少し憤りを収めた。

しかしまだ気持ちが収まらないのか少し怖い顔をしていたが、オリビアが震えているのを見て、その肩を抱いてやっている。

それで少しは落ち着いたようだ。

シシリーもオリビアと同じように震えていたので、肩を抱き寄せて慰《なぐさ》めてあげた。

「それにしても……本当にそんなことが起こっていたのでしょうか？」

トールは信じたくない様子でそう言った。

でもなあ。

「あの都市に使われている技術は、一人二人の知識でどうにかなるもんじゃない。ある程度は魔法によって補完できるとはいえ、相当な人数がいないとあんな都市なんて作れない」

「……まさに、悪魔の所業だな」

オーグも俺と同じ感想を持ったらしい。

……良かった。

信じていたけど、もしそれが有用だとか考えたら、全力で止めなきゃいけないところだった。

「シンの話だと、前世の記憶を思い出すのは極稀ってことよね。一体、何人の子供を実験台にしたのかしら……」

「それは分からないけど……相当な人数じゃないかな。それに、思い出すのが異世界の記憶だけとは限らないし」

「え？」

マリアが嫌悪感を顔に出しながら呟いた言葉に返事をしてやると、キョトンとした顔を向けてきた。

「だってそうだろ？　前世が同じ世界の昔の時代かもしれないし、前文明よりも文明が遅れた異世界かもしれない」

俺がそう言うと、トニーが納得したような顔をした。

「なるほどねえ。異世界も一つじゃないってことかい？」

さすがにトニーはこの手の話の理解が早い。

「そうだと俺は思ってる」

今より文明の進んでいる世界の記憶を思い出せば大当たりって感じだったんじゃないかな？

大当たりなんて不謹慎すぎて口には出せないけど。

「しかし、前文明で使われている付与文字といい、マッシータといい、シンと同じ世界からの転生者が多くないか？」

俺の仮説に対し、オーグが疑問を投げかけてきた。

「これは完全に推測《すいそく》だけど、いいか？」

「ああ」

「多分だけど、俺やマッシータがいた世界とこの世界は『近い』んだと思う」

「近い？　なにがだ？」

「次元《じげん》の位相《いそう》っていうか、世界同士の距離が近いんじゃないかな？」

「……すまん。言ってることの意味が全く分からない」

俺の説明に対し、オーグだけでなくトニーや他の皆も頭上にクエスチョンマークを浮かべている。

「この世界は前の世界と生態系がよく似てるんだよ。動物も植物も。人間もね」

「人間が同じなのは当たり前だろ？」

「そうか？　ひょっとしたら虎とか獅子みたいな人間がいる世界だってあるかもしれないぜ？」

「まさか、そんな……」

「言い切れるか？」

「む……」

「でも、そんな中でも、全ての動植物が前の世界によく似てる。だから、世界同士の距離が近いのかなって考えたことがある」

「うーん……」

オーグが腕を組んで考え込んでるけど、まあいきなり事前知識もなしにこんな話を聞かされてもすぐには理解できないわな。

「シン！　シンのいた世界は並行世界という可能性はないのかい⁉」

いたよ、事前知識があるやつ。

トニーの質問にも答えは用意できてる。

「それはないな。だって、星座の配置が違うし地形も違う」

「並行世界ではないけど、世界自体の距離は近いって思ってればいいんじゃない？　俺だって詳しい話は知らないんだし」

俺がそう言うと、オーグは理解するのを諦めたようだ。

「仕方がないか。ともかく、世界が近いから魂も行き来しやすいということか？」

「真相は神様しか知らないと思うけどね」

俺がそう言うと、オーグはチラリとシシリーを見た。

「こんな話、創神教《そうしんきょう》の神子《みこ》には聞かせられないな」

「言っても信じてもらえないでしょうから、言いませんよ」

オーグは言外に、治療院の神子には言うなよと言っているが、その辺りはシシリーも分かっているようだ。

まあ、そもそも信じてもらえないよね。

「シン殿。色々話が脱線しているのですが、そろそろ重要な話をさせてもらってもいいでしょうか？」

俺らが色々と考察をしていると、シャオリンさんがそう言ってきた。

「重要な話？」

「そうだった。シンの話が衝撃的すぎて忘れていた」

「そうかあ」

オーグはそう言うと、俺に向き直った。

「前文明での戦争について、お前はかなり詳しかった。ということは、お前のいた世界でも同じような戦争が起こったのか？」

ああ、そういうことね。

「いや。前世で超強力な兵器は作られていたけど、それが飛び交うような戦争は起こってない」

「作られてはいたのか」

「それこそ抑止力としてね。それを使ってしまったら、それこそ前文明のように世界が崩壊してしまうと知っていたから、俺が生きていた時代では使われたことはない」

「その後は分からないということか」

「願わくば、ずっと使われないことを祈るけどね」

「随分《ずいぶん》と嫌そうな顔をされるのですね」

そう言った俺の顔に嫌悪感が浮かんでいたのだろう。シャオリンさんから、そう指摘された。

「そりゃあそうですよ」

「なぜですか？」

「……その兵器は過去に一度……いや、二度使われたことがあります」

俺はそこで一旦区切って、改めて言った。

「使われたのは……前世で俺が住んでいた国です」

その途端、周りがザワッとした。

「とは言っても、俺が生きていた時代より七十年以上昔の話です。けど、俺たちは幼いころからその兵器による被害の大きさと悲惨《ひさん》さを教え込まれて育ちます。なので、俺はそういう都市を吹き飛ばすような兵器に嫌悪感を持ってるんですよ」

だから、俺は絶対にそんな魔道具は作らない。

そういう思いを込めてシャオリンさんに向かってそう言った。

「……なるほど、シン殿が作れるけど絶対に作らないと言っていた意味がようやく分かりました」

シャオリンさんは、納得したという表情でそう言った。

「ちなみに、どれほどの被害が出たんだ？」

「ああ、どうだったかな……その兵器が炸裂した周囲数キロが吹っ飛んだのと、数万人が死亡したのは知ってるけど、詳しい数字は覚えてないな」

多分、社会科で習ったはずだけど数字とか全然覚えてない。

詳しい話ができなくて申し訳なく思っていると、オーグは驚愕に目を見開いていた。

「す、数万だと⁉」

驚愕しているのはオーグだけでなく他の皆も同じだった。

「七十年以上前でそれだからな。俺がいた時代だと、それの数千倍の威力になってた」

「……」

もはや、声も出ないようで、オーグは呆気にとられて口をポカンと開けていた。

「そ……そんなものが使用されたら……世界が終わるではないか……」

「そう言ったよ。だから、持ってても使わないって」

「しかし、前文明は使った……」

「そういうことだろうな。前文明がどういう政治形態だったかは知らないけど、地位の高い人の子供には前世の記憶を思い出させるような行為はしないと思う。結果、作った方はその威力を知ってるけど、使う側はそんなの知らない。強力な兵器だから使った。その結果が前文明の崩壊だと思う」

「分かった……よく分かった。今後、そのような兵器が作られないように、今のうちから根回しをしておくべきだというのがよく分かった」

オーグは、今のこの世界が前文明の二の舞にならないようにしたいって言っていたからな。

そういう決意をしてくれたなら、各国に働きかけてなんとかしてくれそうだ。

これで、前文明の崩壊にかかわる話は終わりかなと思っていると、トニーがポソッと呟いた。

「こう言っちゃなんだけど、前文明って、高度な文明の割に最低な世の中だったんだねえ……」

うん、俺もそう思った。

皆も同意するように頷《うなず》いていた。

「はあ……疲れた。本当に疲れた……」

俺から色々と話を聞いたオーグは、座っていたソファーの背もたれに寄りかかってそう呟いた。

いや、疲れすぎじゃね？

「まさか、こんな途方もない話を聞かされるとは思いもよらなかった……」

「本当ですね。本来なら、ただの遺跡観光のはずだったのですが……」

なぜこんな展開になってしまったのかと、オーグだけでなくトールもお疲れの様子だ。

「俺だって、こんな話をすることになるとは夢にも思ってなかったよ」

正直、墓場まで持っていくつもりだった俺の秘密。

それを、こんなところで暴露することになるとは思いもよらなかった。

そして、それがすんなり受け入れられることも想像していなかった。

そっちの方が意外だった。

「ともかく、かなり有用な話が聞けたことは確かだ。アールスハイドに戻ったら取り掛からねばならないことが山積みだな」

「ですね。クワンロンとの調印を一刻も早くまとめないといけないですが、今はどうなっているんでしょうか？」

そういえば、この場にはナバルさんたちエルスの人たちがいない。

まあ、いないからこそ俺はあの話を暴露したんだけどな。

もしこの場にナバルさんたちがいたら、どんな魔道具が作れるのか根掘り葉掘り聞かれていたに違いない。

そして、その販売権を巡ってナバルさんたちで血みどろの争いに……。

「あれ？　皆さん、もう観光から帰ってきとったんかいな」

そのとき、ナバルさんがリビングに顔を出した。

あぶね。

結構ギリギリのタイミングだった。

「ちょうどよかった、ナバル殿。悠皇殿《ゆうこうでん》からなにか進捗状況は伝わっているか？」

「なにかって言われても、シャオリンさんもリーファンさんもおらへんから、なに言うとるのかサッパリ分かりませんわ」

「……」

そう言えば、二人とも遺跡観光に連れ出してたんだった。

もし悠皇殿からなにか連絡があっても分からないよな。

「それに、ここ商会でっしゃろ？　竜の革の取引が再開されて業者の出入りも激しゅうなりましたからなあ。正直、誰が来たんやら」

と、そのとき、ミン家の使用人の一人がシャオリンさんに話しかけた。

使用人の話を聞いたシャオリンさんは、一度大きく目を見開くと、使用人に礼を言いこちらを向いた。

「悠皇殿から伝達です。ハオの後始末が済んだので調印のための準備を進めたいとのことです」

その言葉を聞いた途端、周りから「おおっ」という歓声が聞こえた。

結構な期間クワンロンにいるからな。

皆、そろそろアールスハイドに帰りたくなっていたのだろう。

これでようやく家に帰れると、安堵《あんど》しているようにも見える。

「よっしゃ！　ようやくワシらの出番やな！　ほんならシャオリンさん、早速行きましょか！」

ハオの反逆からここまで出番のなかったナバルさんがメッチャ張り切ってる。

その調子で、素早く調印してきてください。

「さすがに今日すぐじゃないですよ。明日からです」

……そらそうだ。


その日の夜。

俺はシシリーと一緒に割り当てられた部屋にいた。

その部屋にテーブルセットが置かれているので、俺はシシリーと対面して座っていた。

「ええっと……改めて聞きたいんだけど」

「はい？」

「……幻滅してない？」

「なんでですか？」

「なんでって……なんていうか……俺、前世の記憶があるじゃない？　得体が知れないっていうか……」

俺がそう言うと、シシリーは呆れたような顔をした。

「そんなことですか」

「そ、そんなことって……」

「シン君がなにかおかしいっていうのは今更です」

「……そッスか」

そッスか、今更ッスか。

「それも含めて、私はシン君を好きになって恋人になって結婚したんです。それとも、今のシン君は別人なんですか？」

「いや……一歳のときからずっと俺だよ」

「じゃあ、なにも問題ないじゃないですか」

「そう……なのか？」

そんなもんなのだろうか？

そうやって、いつまでもウジウジと悩んでいると、シシリーは業を煮やしたらしく……。

「えい」

「わぷっ！」

俺の頭を抱え、胸に抱き寄せた。

「これでも信用できませんか？」

「……いや、十分伝わりました」

「ふふ」

なんかもう、シシリーには一生頭が上がらない気がしてきた。

……もうすでにか？

「ところで……」

「ん？」

シシリーの胸に顔を埋めていると、頭の上からなにか話しかけられた。

「……さっきの、上書きできましたか？」

「……」

さっきのアレかあ。

……。

「きゃっ！」

俺は、シシリーの胸に顔を埋めたままベッドに押し倒した。

「まだ」

その夜、沢山上書きしてもらいました。

そして翌日から、ナバルさんたちは連日悠皇殿に通うようになった。

その際、必ずシャオリンさんかリーファンさんを伴っているので、俺たちの外出に同伴できるのもどちらか一人となり、結果外出できる機会は半減してしまった。

しょうがないので、俺は帰ってからやろうと思っていたことを、前倒しで行うことにした。

「シャオリンさん、庭を貸してもらっていいですか？」

「はい？　いいですけど、なにをするつもりなんですか？」

今日のナバルさんたちの同行はリーファンさん。

今日は誰も外出する予定がないので、シャオリンさんは家にいた。

「いや、調印文書が出来上がるまで暇なんで、戻ったらやろうと思ってたことを前倒しでやってみようかなと」

「はあ。別に構いませんよ」

シャオリンさんの了承も得られたので、さっそく庭に出た。

マークとユーリも一緒である。

「早速あれ解体するんスか？」

「帰ってからでも良かったんじゃないのぉ？」

ここは工具の揃ったビーン工房ではなく、商家の庭。

解体には不向きなこと、この上ない。

「さすがにここでは解体まではしないよ。ただ、なんせ暇だからさあ、検証だけでもしとこうかと思って」

「検証ッスか？」

「ああ。俺の記憶にある車と、どこがどう違うのか、それだけでも調べとこうかなって」

「そういうことかぁ」

解体するのは工房に帰ってからにするとして、どこをどう解体するのか事前に見ておいてもいいんじゃないかと考えたのだ。

だって暇なんだもの！

「あの、私も見ていていいですか？」

「いいですよ。ただ、面白いかどうかは保証しかねますけど」

「それで結構ですよ。もしかしたら、新しい商売のヒントになるかもしれませんので」

そういうことか。

ミン家は竜の革と竜革製品を取り扱う商会だ。

けど、別にそれ以外の商売をやっちゃいけないってことはない。

今回は、竜の革を専門に扱っていたため、それの取引を禁止されることで窮地に陥った。

竜の革以外にも多角的に商売をするのはいいことだと思う。

まあ……いきなり車とか作れないだろうし、別にいいけどね。

「さて、それじゃあ、まずは庭にシートを敷いてと」

異空間収納から取り出した厚手の布で作ったシートを庭に広げる。

ホントはビニール製のブルーシートがいいんだけど、この世界では石油はまだ有効活用されてないからなあ。

臭くてランプの明かりには不向きなので、掘り当ててしまったら厄介者扱いなのだ。

「さて、じゃあ取り出すよ」

俺はそう言うと、シートに沿うように異空間収納の入り口を展開させ、そのまま上に持ち上げた。

すると、収納されていた車がそこに鎮座していた。

今にも崩れそうなくらいボロボロだったからな。

あまり衝撃を与えないように、取り出したのだ。

「相変わらず器用ッスねえ」

「魔法がない世界から来たのにこんなことができるなんて。どれくらい練習したのかしらぁ？」

三歳くらいからほぼ毎日だからな。

魔法の練習量は誰にも負けない。

「さて、では改めて見てみよう」

遺跡は明かりが点いているとはいえ、やはり地下なので若干薄暗かった。

しかし、今日は太陽の下だ。

遺跡では見えなかったものが見えてくるかもしれない。

そうして、車をくまなく見て回った。

「あ。これ、サスペンションッスか？」

「わぁ、ビーン工房で作ってるやつより複雑ねえ」

「あれは本当に簡単な構造だからなあ。車くらいの重量とスピードを支えるならこれくらいは必要だよ」

「これ、今作ってる製品の改良にも活かせるッスね」

「それにしても、このくるま？　っていうのは凄いわねぇ。これを作ろうと思ったらどれくらい時間がかかるのかしらぁ？」

ユーリが、非常にいいところに気が付いた。

「これのコピーを作るとなると、数年かかるだろうね」

「数年⁉」

「コレさ、部品を全部一ヶ所で作ってるわけじゃないんだ。今マークが注目したサスペンションだって専門に作ってるところからの納入だし、ブレーキもそう。他にも別の工場で作ったものを集めて作ってるんだ。ビーン工房だけで全部作るとなると、それくらいかかるよ」

専門の機械もないしな。

「……ってことは、自分たちがしようとしてることは一体……」

「コレは無理ってだけで、簡単なのは作れるだろ？　ともかく動力とブレーキさえ作れれば、あとはなんとかなる！」

ちょっとずつ段階踏んでけばいいんだよ。

いきなりクーペとかセダンとか作れないって。

そもそも鉄が足りないよ。

「まあ、サスペンションはもう作ってるし、その改良のためってことでサスペンションも解体するか。一番大事なブレーキは帰ってからってことで」

「そッスね」

「うーん。終わっちゃったわぁ」

解体するなら時間がかかるけど、確認するだけだからなあ。

また暇になってしまった。

「はあ……もしかしたら、私どもでも作れるかもしれないと期待しましたが……これは予想以上に難しそうですね」

シャオリンさんには、俺らが見ていた車を見ても鉄の塊としか思えないだろう。

そもそもボロボロだし。

そこからノーヒントで車を開発するのはさすがに無理じゃないかな？

シャオリンさんが新しい商売にするのを諦めた様子なので、改めて異空間収納に車を仕舞った。

「むぅ、また暇になってしまった」

「いいことじゃないですか。たまにはのんびりしましょう」

リビングに戻ってソファーに座っていると、シシリーがお茶を淹《い》れてくれた。

「お、ありがと」

「すみません。いただきますッス」

「ありがとぉ」

マークとユーリの分もお茶を淹れたシシリーは俺の隣に腰を下ろした。

マークとユーリはテーブルを挟んだ向かいに座っている。

俺たちの任務は、ナバルさんたちの護衛。

今日はアリスとリンが護衛についている。

別に戦場ってわけでもないので、二人で十分なのだ。

「のんびりって言ってもなあ……のんびりってなにすりゃいいんだ？」

「もう、のんびりはのんびりですよ。なにもしなくていいんです」

なにもしない、かぁ。

しかし、今までなんやかんやとしてきているので、なにもしないっていうのは落ち着かないんだよなあ。

今世では、婆ちゃんの資産だけじゃなくて俺にも結構な資産ができたけど、前世から続く貧乏性は治ってないな、こりゃ。

「もう」

俺が、のんびりってどうやってするんだと悩んでいると、シシリーが湯呑《ゆの》みを持ちながら俺との距離を詰めてきた。

「こうやって、お茶を飲みながらゆっくりしていればいいんです」

「……そっか」

シシリーに促されるまま、俺は淹れてもらったお茶を飲んだ。

「「はぁ……」」

熱いお茶を飲み、シシリーと同じタイミングで息を吐いた。

「「ふふ」」

あまりに同じタイミングだったもので、お互い顔を見合わせて笑ってしまった。

ああ、のんびりってこういうことか。

そう思ったとき、目の前に座っている二人の視線に気が付いた。

「いやあ、いつまでたってもラブラブッスねえ」

「付き合いだしてもう三年経つのにねぇ」

マークとユーリがニヤニヤしながら俺らを見ていた。

「なんだよ。マークのとこなんて俺ら以上に付き合い長いじゃないかよ」

「そうですよ。ユーリさんのところだって、お付き合いしたてだからラブラブな時期じゃないですか」

揶揄《からか》ってきたので、俺らも揶揄い返してやった。

「いやあ、俺らはもう付き合い長いんで、大分落ち着いてるッスよ」

「何年経ってもラブラブなままなのが凄いって言ってるのよぅ」

全く動じてないだと……⁉

「あ、そうだ、二人ともぉ」

「ん？」

「なんですか？」

なんとなく負けた気になっていると、ユーリがなにかを思い出したように話し出した。

「泊めさせてもらってるおうちで頑張りすぎるのはどうかと思うわぁ」

「「！！？？」」

なっ⁉　まさか⁉

「え？　あの、聞こえて……」

「私の部屋、隣だからぁ」

「「……」」

ユーリの指摘に、シシリーと二人で真っ赤になっているると、向かいに座っているマークが、ホッとした顔をしながら呟いた。

「防音の魔道具使っといてよかった……」

……。

わ、忘れてた……。

「……」

俺らがそんな話をしていると、同じ部屋にいたマリアがこちらを睨《にら》んでいた。

「え？　な、なに？」

「……リア充どもがムカつく話をしてるなと思ってね……」

ああ……。

この部屋にいるのは、俺、シシリー、マーク、ユーリ、オリビア、トニー、それとマリアとシャオリンさんだ。

……マリアとシャオリンさん以外、全員パートナー持ち！

そう思ってシャオリンさんを見てみると……。

「う……」

「世の中にはこんなに幸せそうなカップルが沢山いるというのになんで私には彼氏がいないんでしょう？　なにが悪いの？　なにか悪いの？」

　なんかブツブツ言ってる！

「……独り身で悲しい身の上の人のために、もうちょっと話題に気を遣ってもらえるかしら？」

「あ、ご、ごめん」

「大丈夫だよマリア！　マリアにもきっといい人が現れるから！」

「下手《へた》な慰めは結構なのよおっ‼」

「あっ！」

　シシリーの慰めも効かず、マリアはリビングを飛び出して行ってしまった。

　シャオリンさんはまだブツブツ言ってる。

　ど、どうしよ……。

　そう思っていると、悠皇殿に行っていたオーグたちが帰ってきた。

「おい。メッシーナが泣きながら走り去って行ったが、なにかあったのか？」

　ちょうどマリアとすれ違ったらしい。

　っていうか、泣くほど悔しかったのか……。

「あの、残った人の中でパートナーがいないのがマリアだけだったので、拗《す》ねちゃったというか……」

　シシリーがオーグに説明しているが、拗ねる……でいいのか？　あれ。

なんか憎しみが籠《こ》もってたような気がするけど……。

「ああ、なるほどな。カールトンは裏切ったし、いつもなら同意してくれるコーナーもいないからな」

「ちょっと殿下ぁ！　裏切ったとか言わないでくださいよぉ！」

今まではユーリも彼氏いない組だったからなあ。

マリアと一緒に俺らのことを羨《うらや》んでいたのだが、そのユーリにも彼氏ができた。

まあ、ユーリの場合はそのうち彼氏ができそうとは思ってたけどな。

マリアほど理想が高くないし、アリスと違ってお子様体型ではない。

というか、この中で一番と言っていいほど大人体型だ。

「メッシーナにも是非《ぜひ》良縁を結んでもらいたいところではあるのだがな」

「殿下、あたしは？」

「もちろんコーナーもだが、今の我々は世間《せけん》に対して影響力が大きすぎるからな。誰彼構わずというわけにはいかん」

「えー！　そんなあ！」

オーグの言葉に、アリスが悲愴感《ひそうかん》を漂わせる声をあげた。

ただでさえ、どうやったら彼氏ができるのかと悩んでいるアリスに、さらに厳しい条件まで付けられてしまってはそうなるだろう。

その点、ユーリはいいところを突いたよな。

「カールトンの相手はビーン工房の職人。権力者でもなく、ビーン工房という言わば身内。これ以上ない相手だな」

「ふふ、ありがとうございますぅ」

自分の選んだ相手が認められて、ユーリは嬉しそうだ。

その反面、アリスは憮然《ぶぜん》とした表情をしている。

「ちぇー、ユーリはいいよねえ。あたしなんて最近出会いすらないよ」

そういえば、アルティメット・マジシャンズとして活動をするようになってから、アリスがよく一緒にいるのはリンやメイちゃん、あとメイちゃんの友達であるアグネスさんやコリン君くらいのもの。

俺たちがちょっと有名になりすぎてしまったので、あまり人前に出られなくなったのもアリスやマリアに彼氏ができない理由だろう。

「そういえば、アリスの中等学院時代の友達とかはいないのか？」

ふと気になって聞いてみると、アリスは露骨《ろこつ》に嫌そうな顔をした。

「アイツらだけはない！　中等学院時代は散々チンチクリンだのチビッ子だの言ってたくせに、あたしがアルティメット・マジシャンズになったら途端に掌《てのひら》返してさあ！小さいところが可愛いだの、愛らしいだの！　おまけに守ってやりたいとか！　あんた等に守って貰わなくても自分で守れるわ‼」

アリスにしては珍しく、長々と怒りを吐き出し、ふぅふぅと肩で息をしている。

相当腹立たしかったんだなあ……。

それにしても、竜や魔人を単独で倒せるアリスを守るって……確かに、見た目は華奢《きゃしゃ》で強そうには見えないけどさ。

「あーあ、あたし一生独身なのかなあ……」

息を整えたら落ち着いたのか、今度はシュンと落ち込み始めた。

「そ、そんなことありませんよ！　アリスさんにだって、きっといい人が現れますって！」

「下手な慰めは結構だよおっ！」

シシリーに慰められたアリスは、マリアと全く同じセリフを吐きながら部屋を出ていった。

「ああ、アリスさんまで出ていってしまいました……なにがいけなかったんでしょう？」

今度は、マリアに続いて慰めることに失敗したシシリーが落ち込んでいる。

「そりゃあ、シシリーさんに慰められたら逆効果よねぇ」

「ですねえ」

落ち込んでいるシシリーに対して、ユーリとオリビアがなにか納得した顔をしている。

「どういうことですか？」

「シシリーはぁ、マリアやアリスの欲しがってるものみんな持ってるからよぉ」

「え？」

「強くて優しくて、自分だけを一途に愛してくれる旦那さんと可愛らしいお子さん。マリアさんたちが羨むのも無理ないですね」

ユーリとオリビアの言うことも尤《もっと》もかもなあ。

マリアとアリスからしてみれば、持てる者が持たざる者に上から物を言っているように聞こえているのかも。

「ええ⁉　わ、私そんなつもりじゃ！」

「言ってる方はそんなつもりじゃなくても、聞く人がそう捉えてしまったらどうしようもないですね」

「そんなあ……」

シシリーは本当に善意からマリアとアリスに接していたのだろう。

けど、普段なら聞き流せても、心が荒《すさ》んだ状態の二人には嫌味にしか聞こえなかったのかもしれない。

「まぁ、シシリーさんはぁ、私たちから見ても羨ましいくらい恋愛に関しては勝ち組だものねぇ」

「そうですよ。アールスハイド大聖堂で挙式なんて羨ましすぎます」

恋人がいるユーリとオリビアからも羨ましがられるシシリー。

その相手である俺としては、なんにも言えないな。

「ほう？　ビーン夫人はアールスハイド大聖堂での挙式が望みか。口添《くちぞ》えしてやろうか？」

「やめてください‼　羨ましいけど、当事者になったら心労で死にます‼」

ニヤニヤするオーグに、必死になって拒否するオリビア。

なにやってんだか……。

「それはそうと、調印文書が出来上がったぞ。あとは調印をして終了だ」

「お、ようやくか」

クワンロンに来た最大の目的はそれだからな。

それが達成されるということは、俺たちのクワンロン滞在終了の日が近いということだ。

「いよいよですか。本当に色々とありましたけど、いざとなると寂しいものですね」

シャオリンさんが、少し寂しそうに言っているけど、なんでだ？

「え？　シャオリンさん、これが終わったらアールスハイドに来るんですよね？　アルティメット・マジシャンズの職員として」

「……あ」

忘れてたな……。

「あの、えっと……アールスハイドに行こうと思った最大の理由がなくなってしまったので……」

「ああ、俺のこと」

「はい……それで、その……」

「忘れていたというわけか」

「……申し訳ありません」

そういうシャオリンさんは、本当に申し訳なさそうだ。

まあ、仮にも大国アールスハイドの王太子直々にアルティメット・マジシャンズ駐在員として推薦されておきながら忘れてたってのはなあ。

「まあ、憂《うれ》いがなくなったのならいいだろう。申し訳ないと思うなら、職員としてキッチリ働いてくれればいい」

「はい！　これでも商家の娘ですから、お役に立ってみせます！」

オーグに許されたと思ったからか、シャオリンさんは張り切ってそう答えた。

それを聞いたオーグは……あ、ニヤッと口角が上がった。

シャオリンさんの負い目を利用して、馬車馬のように働かせる気か……。

「鬼め……」

「なにか言ったか？」

「いや？　別に」

それにしても、アールスハイドに戻ったらいよいよアルティメット・マジシャンズ本格始動か。

今までは学生という立場だったけど、これからは俺らも社会人。

一層気合いを入れていかないとな。

「ん。今以上に魔法が使える。楽しみ」

今までは学院活動の延長みたいな感じだったからそんなに頻繁《ひんぱん》に依頼は入ってこなかったけど、今後は沢山依頼が寄せられるとのこと。

それを思ってリンも気合いを入れている。

そういえば、リンはさっきのマリアやアリスの話にも入ってこなかった。

魔法大好きで、魔法が恋人って言ってるもんなあ。

彼氏には興味ないか。

「もったいないなぁ。リンも可愛いんだから、彼氏探したらいいのにぃ」

「私は魔法が恋人。だからいらない」

「またそれぇ？　リンって魔法学術院に出入りしてるんでしょぉ？　誰か一人くらい気になる人とかいないのぉ？」

そういえば、リンは暇さえあれば魔法学術院に行ってる。

正式に所属しているわけではないけど、アルティメット・マジシャンズのリンであれば大歓迎だと魔法学術院でも歓迎されているらしい。

そういえば、そこでの交友関係とか聞いたことないけど、どうなんだろう？

「あそこにいるのは、魔法にしか興味のない変態ばっかり。そんな目で見たことない」

「……。」

あの……リンさん、それ……あなたも同じ人種なんじゃ……。

「あ、帰ってきました」

オリビアの言葉でリビングの扉を見ると、マリアとアリスが並んで入ってくるのが見えた。

「……おかえり」

「「ただいま……」」

どう声をかけていいのか分からず、とりあえずおかえりと言ってみたが、返ってきた声はメッチャ沈んでいた。

それでも帰ってきたということは、なにかしら折り合いを付けたんだろうか？

隣でシシリーが声をかけたそうにしているけど、さっきユーリとオリビアに言われたばっかりなので声はかけていない。

凄く心配そうな顔でマリアのこと見てるけどね。

「ようやく帰ってきたか。皆揃ったところで説明するぞ。本日、合意文書の書類ができた。どちらの翻訳《ほんやく》も齟齬《そご》がないことをリーファン殿に確認してもらっている。明日もう一度シャオリン殿にも確認していただいて、問題なければ明後日調印となる」

マリアとアリスを一切気遣わないオーグの物言いだが、この場合はこの方がいいと思う。

その証拠に、マリアとアリスも真剣な顔をしてオーグの話を聞いている。

「いよいよ終わりですか。長かったですね」

「まあ、来ようと思えばいつでも来られるけどね」

さっきまでの落ち込みぶりが嘘のように普通に対応してる。

……さっきのアレ、わざとだったの？

「来るのは構わんが、ちゃんと国境の検問《けんもん》を受けろよ？　ゲートで勝手にミン家に来たら密入国になるから気を付けろ」

「でも、アルティメット・マジシャンズの活動で何回か他国に行きましたけど、国境なんて通らなかったですよ？」

「それは周辺国が我々に与えてくれた特権だ。クワンロンからその特権は与えられていない」

そういえばアリスの言うように、ここ最近アールスハイドの周辺国に行く際にゲートを使ってばっかりなので国境の検問を受けてない。

俺らに来る依頼って、緊急性が高いものが多いからそこまで気にしてなかった。

それに、シュトロームたちとの決戦の前に団結していたから、あまり他国という感覚もなかったなあ。

「それに、そもそもクワンロンに来ても言葉が通じんだろう」

「そういえば、その辺はどうするんだ？」

国交が開かれても、言葉が通じないんじゃなにもできないぞ？

「その辺はミン家にお願いすることになっている。この国にいる亡命者を教師として西方諸国の言葉を教えてもらう予定だ」

「いつの間に」

「リーファン殿も残って講師になってもらう予定だ。シャオリン殿はアルティメット・マジシャンズの駐在員になるしな」

リーファンさんはずっとシャオリンさんに付き従っていた。

寂しくないのだろうか？

「リーファンさんはそれでいいんですか？」

「なにがだ？」

「いや、シャオリンさんと離れ離れになるのが……」

「？　アールスハイドまでは皆さんと一緒に行くんだろう？　であれば、俺が一緒にいなくても問題ないかと。前回は砂漠越えだから一緒に行ったが」

「あ、そッスか」

「リーファン、頑張るのですよ。これが上手くいけば、ミン家が外国語学校の先駆けとなれるのです」

「かしこまりました。身命に変えても成し遂げます」

……この二人、本当にただの主従なんだなあ。

実はお互い恋焦《こいこ》がれて……とか一切ない。

シャオリンさんはリーファンさんのことをただの従者としか見てないし、リーファンさんはミン家に仕えることを至上の喜びとしている。

シャオリンさんに付き従っていたのは、本当にミン家のお嬢さんだからなんだ。

「まあ、後腐れなくていいのかな？」

「むぅ、つまらないです」

恋愛事大好きなシシリーは、主従の身分を超えた恋愛を期待していたんだろうな。

本当になんの脈もなさそうな二人を見て口を尖らせている。

「ところで帰りなのだが、今後飛行艇《ひこうてい》の運用もあるから、操縦者の訓練も兼ねて再度飛

行艇を飛ばすことになっている。　私は責任者として同乗するが、　他にも同乗したい者は
いるか？」

オーグがそう言うと、男性陣は皆飛行艇で帰ると手をあげた。

空を飛びたいんだねえ。

「シン、お前はどうする？」

「俺？　俺は一旦ゲートで家に帰って、シルバーを連れてから飛行艇に乗って帰るよ」

俺がそう言うと、オーグは呆れた顔をした。

「子煩悩《こぼんのう》、ここに極まれりだな」

「うっせ。お前も子供ができたら分かるよ」

「ウォルフォード夫人はどうする？」

「私もシン君に付き添います」

「本音は？」

「シルバーと一緒に旅行がしたいです」

「こっちもか……」

シルバーは野営地《やえいち》に連れてきただけで空の旅はしていない。

是非体験させてやりたいと、シシリーと二人で話し合っていたのだ。

「私は面倒くさいからパス。ゲートでさっさと家に帰りたいわ」

「あたしも」

マリアとアリスは、いかにも面倒くさそうにそう言った。

むう、ロマンのないやつらめ。

「シャオリンさんはどうするんですか？　私はお店の手伝いがあるのでゲートで帰りますけど」

そう言うのはオリビアだ。

まだ店に出てるのか。

「私は飛行艇で参ります。道中で業務について殿下にお伺いしたいことがいくつかあるので」

シャオリンさんは本当に真面目《まじめ》だな。

まだ本格的に始動していないから業務なんてなんにもしてないのに。

「私はぁ、早く彼に会いたいのでゲートで帰りますぅ」

「私も早く帰る。移動は時間の無駄」

「時間の無駄って……」

ユーリの理由はまあ分からなくもない。

リンの理由は合理的と言えば合理的だけど、情緒のかけらもないな。

旅は移動も醍醐味《だいごみ》なのに。

「もう行きで乗った」

それはそうだけどさ。

「連絡事項は以上だ。明後日調印が終わったら帰るから、各自部屋の片づけをしておけよ」

オーグがそう言うと、シャオリンさんが待ったをかけた。

「すみません。明後日の夜は送別会を開きたいと思いますので、出発は次の日にして頂けませんか？」

送別会か。

いよいよ、クワンロンともお別れだな。


そして二日後。

悠皇殿の一際《ひときわ》豪華な部屋にて調印式が行われた。

クワンロンからは皇帝が、エルスからはアーロン大統領が、アールスハイドからはディスおじさんが参加した。

今朝、ゲートで迎えに行った。

クワンロンからは外交担当の官僚が出てくると思っていたら、なんと皇帝自ら調印するとのこと。

それに慌《あわ》てた俺たちは、急遽《きゅうきょ》アーロンさんとディスおじさんを迎えに行ったのだ。

予定になかったことを無理矢理ねじ込んだので、調印が終わったらすぐ帰ることになっている。

慌ただしくてごめんよ。

合意文書自体はアーロンさんもディスおじさんもすでに目を通していたので、本当にお互いの文書にサインして握手して終わった。

「観光する暇もないやんか」

調印式が終わって、すぐにゲートを開いた俺にアーロンさんが文句を言ってきた。

「時間が空いたら案内しますから。それより早く帰らないと執務が滞りますよ！」

「いや、無理矢理連れてきたん、シン君やんか……」

「しょうがないだろうアーロン。クワンロン側は皇帝が出席するのに、我々が名代《みょうだい》では後々余計な禍根《かこん》を生むことになるかもしれんのだ」

「そら分かっとりますけど……結構姑息なことすんねんな」

「それも外交だろう。ともかく、これでクワンロンに弱みを見せることなく調印できたのだ」

「それもそうやな。ほな兄さん、お先に失礼しますわ」

「ああ。お疲れ」

アーロンさんはディスおじさんに言葉をかけると、そのままゲートをくぐって行った。

「……おい」

と思ったら、すぐにゲートから顔を出した。

「ナバル」

「はい？」

「お前、なんで付いてけえへんの？」

「なんでって、そら帰りは飛行艇に乗って帰りますよって」

「なんで？」

「なんでって、帰りは交易品《こうえきひん》とか積んで帰るんでっせ？　荷物の管理せなあかんでしょ」

「いや、そんなんシン君か誰かの異空間収納使わせてもらったらええやんか」

「そういうわけにはいきませんわ。これから、交易は私らでせなあきませんねんで？　ちなみに、私らの中で異空間収納が使える人間はおりません。エルスで異空間収納が使える言うたら魔法兵団にはおりますやろうけど、こんな荷物持ちに使わせてくれなんかよう言いません。つまり、今後も荷物積んで空飛ばなあきませんのですよ？」

アーロンさんに説明を求められたナバルさんが、つらつらと説明をする。

それを聞いたアーロンさんは「ふーん」と口を尖らせた。

「それもそうやな。ほな、気ぃ付けて帰って来いよ」

そう言うと、今度こそゲートの向こうへ消え、俺はゲートを閉じた。

その後、ディスおじさんもアールスハイドに送り届けると、ナバルさんたちエルス使節団の皆さんが「ふぅ」と息を吐いた。

「いや、一緒に帰ってこいって言われたときはどうしようかと思いましたわ」

ホッと安堵したようにナバルさんがそう言う。

「どうしようって、荷物の管理があるから無理なんでしょ？」

「そんなん建前ですやん。荷物の管理とか積んだらどうなるのかの実験なんか帰ってからでもできますわ」

「え？　それならなんで……」

なんで一緒に帰らなかったんだ？

そう思っていると、ナバルさんたちは一旦お互い顔を見合わせてから言った。

『そんなん、今日これから宴会があるからに決まってますやん！』

……。

俺は、おもむろに異空間収納から無線通信機を取り出した。

「……アーロンさんに報告を」

「それだけはっ！　それだけはご勘弁《かんべん》を‼」

「苦労しましてん！　少しでも有利に条約を結べるように苦労しましてん‼」

「せやからご褒美《ほうび》もろたってエエやないですか!!」

大の大人が……。

それも、国を代表する使節団なので孫までいそうな年代のいいおっさんが、涙ながらに俺に縋《すが》り付《つ》いてくる。

その悲しすぎる光景に、俺は無線通信機を異空間収納にしまった。

「はあ、分かりましたよ。実際頑張ってくれていたのは事実ですし、アーロンさんには黙っておきます」

俺がそう言うと、おっさんたちは目を輝かせた。

「おおきに！　シン君おおきに!!」

「これからウォルフォード君のところは最優先で取引させてもらいますわ！」

「うちもや！」

……宴会に参加するのを見逃しただけでこんなに感謝されるのか……。

エルスの官僚って、そんなにストレスがたまるのだろうか？

こうして俺たちは、悠皇殿をあとにした。

もう、よっぽどのことがない限り、ここには来ないんだろうな。

まあ、ナバルさんたちは今後も来たりするかもしれないけど。

悠皇殿を出た俺たちは、ミン家までの道のりを歩いて向かっている。

シャオリンさんから、帰りはゆっくり帰ってほしいとお願いされていたからだ。

なんでも、今ミン家では送別会の準備を大急ぎでしているとのこと。

それもあるので、俺たちは歩いて帰っている。

「そういえば、初日はあちこちに刺客が隠れてたわね」

マリアがクワンロンに来た初日のことを思い出したのか、周りの建物をキョロキョロ見ながらそう言った。

「今日は、そういった輩《やから》はいないようだな」

そう言ったのはリーファンさんだ。

「お、大分《だいぶ》索敵魔法《さくてきまほう》を使いこなせるようになりましたね」

リーファンさんに索敵魔法を教えた俺としては、着実に使いこなせるようになっているリーファンさんの努力を嬉しく思う。

そう思ってリーファンさんを褒《ほ》めると、照れ臭そうに頭を掻《か》いた。

「いや、まだまだだ。皆さんのように息をするように展開することはまだできない。今も、会話を始めた途端に集中が切れてしまった」

「ああ、あたしも最初はそうだったよ。すぐ集中切れちゃうんだよねえ」

リーファンさんの近くを歩いていたアリスが、まるで先輩が後輩を気遣うようにそう言った。

実際、索敵魔法の使用については先輩なんだけど……。

なんだろ、アリスの方が年下だし見た目はさらに幼く見えるからどうにも違和感が拭《ぬぐ》えないな。

「アリスは今も同じ。よく集中を切らす」

「それは集中力であって、索敵魔法は切らさないよ！」

そう思っていると、いつものようにリンとじゃれあい始めた。

うん、こっちの方がしっくりくるわ。

いつもの光景を皆で笑いながら見ていると、隣を歩いているシャオリンさんが改まって声をかけてきた。

「シン殿には本当にお世話になりました。にもかかわらず不快な思いをさせてしまって申し訳ありませんでした」

「まだ気にしてるんですか？」

「気にします。多分、ずっと……」

シャオリンさんがそう言うと、反対側の隣を歩いていたシシリーが俺の腕をキュッと摑《つか》んだ。

「シン君もこう言ってるんですから、シャオリンさんも気になさらないで大丈夫ですよ。これからしばらく一緒に働くんですから、ずっと気にしていたら疲れちゃいます」

シシリーはそう言って慈愛《じあい》に溢《あふ》れた表情をしているが、これは……。

「……牽制《けんせい》してるわねぇ」

「……牽制してますねえ」

ユーリとオリビアがポツリとそう呟いた。

自惚《うぬぼ》れるつもりはないけど、俺のことをずっと気にするということは、俺のことをずっと考えていると言っているのと同じだ。

シシリーはそれを敏感に感じ取って、牽制してきたのだろう。

けど、シャオリンさんにそんな意図は……。

「シシリー殿……やはりあなたは天女様《てんにょさま》です。私なんかに、そんな優しい言葉をかけてくれるなんて」

「ふぇっ⁉　も、もちろんです！　反省されている方をこれ以上責めることなんてできませんから！」

「天女様……」

シャオリンさんは感激に目を潤《うる》ませ、シシリーは俯いた。

「は、恥ずかしいです……」

世間から聖女様と呼ばれ、慈愛の象徴とまで言われているシシリーだけど、実際は普通の女の子だ。

実は……というか結構嫉妬深《しっとぶか》いし。

けど、それもこれも俺のことを思っての行動だと思うと愛おしさが溢れてくるというもの。

なので恥ずかしがっているシシリーの頭を撫《な》でて慰めていると、それを見たシャオリンさんはますます目を輝かせた。

「美しい光景です……天女様とこんなにお似合いだなんて……シン殿が神使様《しんしさま》と言われているのも頷けます」

「神使様ってなんですか⁉」

「え？　シン殿は向こうでそう呼ばれているんですよね？　クワンロンでも神が遣わされた人のことを『神使様』と呼ぶのです」

聖女＝天女と同じってことか。

っていうか、ただ省略しただけじゃね？

「ミン家の皆はもうそのように呼んでいますよ？　スイラン姉さまの病気を治し、ミン家を縛っていた悪法を退《しりぞ》け、竜の被害を未然に防いだのです。そのような偉業を成し遂げた方を神使様と呼ばずしてなんと呼ぶのですか！」

言いながら興奮してきたのか、最後は俺を問い詰めるような感じになっていた。

いや、俺、そう呼ばれてる当事者ですから！

その当事者にそんなこと言われても、恥ずかしいですとしか言いようがありませんが⁉

「その割には、随分とシンのことを疑っていたようだが？」

シャオリンさんの迫力にシシリーと二人してドン引きしていると、オーグの揶揄うような声が聞こえてきた。

そう言われたシャオリンさんは、先ほどまでの興奮とは打って変わってずーんと落ち込んでしまった。

「……だからこそ悩んでいたのです……分かりますか？　ミン家を救ってくれた御方を、神使様と呼ぶにふさわしい御方を疑いの目で見てしまう罪悪感が……」

うわぁ……シャオリンさんの周りだけ、なんか黒い幕がかかったようになってしまった。

落ち込みすぎだろ……。

「……すまない。悪気はなかったのだ」

あまりの落ち込みように、流石《さすが》のオーグも良心が咎めたのか、素直にシャオリンさんに謝罪した。

シャオリンさんって、真面目すぎて冗談が通じにくいんだよなあ。

これから俺たちと一緒に仕事をするなら、その辺も聞き流せるようになってもらわないと。

それをどうやってシャオリンさんに伝えようかと考えていると、突然ガバッとシャオリンさんが復活した。

「しかし！　今はその憂いも全て解消されました！　これからは神使様や天女様のため、身を粉にして働く所存です！　どうか、何なりとお申し付けください！」

いや……一応、あなた監視員でもあるから。

クワンロンからの派遣員がこれで本当に大丈夫か？

そう思った俺は、オーグに近付き耳打ちした。

「おいオーグ、クワンロンからの派遣員、シャオリンさんで本当に大丈夫か？」

「仕方ないだろう。事務処理ができて通訳なしで我らと会話ができるのがシャオリン殿しかおらんのだ」

「……なんか、メッチャ不安なんだけど」

「安心しろ。私もだ」

「安心できる要素が一つもねえよ」

とにかく、シャオリンさんの扱いは十分に注意しないと。

俺ら……というか俺とシシリーのことを盲目的に崇拝し、なんでも言うことを聞く人になってしまいそうだ。

そうなったら、この各国から人員を派遣してくる制度自体、問題視されるかもしれない。

「まさか、始まる前から問題が見つかるとはな……」

「まあ、俺らしいっちゃらしいけどな」

そうやって二人でコソコソ話していると、シャオリンさんが声をかけてきた。

「殿下、シン殿、どうかされましたか？」

「いや、なんでもない」

相変わらず、シレッと嘘をつく奴だ。

「そうですか？　なにやら深刻そうな話をされているのかと思いましたが……」

まさか、あなたのことを話して深刻そうな顔をしていましたとは言えない。

なので俺も、オーグに乗っかることにした。

「本当になんでもないんだよ。オーグが奥さんを長く放置しちゃったから、どうしようかって相談受けてたんだ」

「!!」

俺のその言葉に、オーグは驚愕に目を見開いた。

え？　おい、お前、まさか……。

「……忘れていた」

オーグは、俺に向かって小声で言った。

ってマジか！？

「あの、ゲートで時々会いに行ったり、無線通信機で連絡とかは……」

「！　そうか……その手があったか……」

こいつ……完全に仕事モードになってたな。

そのせいでエリーのことをすっかり忘れていたと。

「おい、お前が言い出したんだ、ちゃんとエリーの機嫌を取る方法を考えろ！」

「なんで⁉」

「ここでなんの対策も講じていないことが分かるとシャオリン殿が不審がるぞ。それでもいいのか？」

「ぐっ……」

俺は、なんて迂闊《うかつ》な言い訳をしてしまったんだ。

先ほどの発言を後悔しながら、俺はオーグとどうやったら怒っているであろうエリーを鎮《しず》めることができるか必死に考えた。

そんな俺たちの後ろで、シャオリンさんがクスクスと笑っている声が聞こえてきた。

「殿下とシン殿は仲がいいのですね」

「はい。二人は親友同士ですからね。殿下の奥様であるエリーさんなんか、お二人の仲の良さに嫉妬してしまうくらいです」

「殿下の奥様というと、王太子妃様ですか？　そんな御方が嫉妬？」

「エリーさんは民衆に寄り添う御后様《おきさきさま》ですから。なので、すごく人気があるんですよ」

「へえ、そうなんですね」

いや、民衆に寄り添うっていうか、俺らの……主にアリスとリンのせいで世俗に染まってしまったというか……。

それが理由なのかどうなのかは分からないけど、とにかくエリーは喜怒哀楽の表現が結構激しい。

貴族のお嬢様って、感情をあまり面《おもて》に出さないって聞いたことあるんだけどなあ……。

そんなエリーなので、オーグが連絡もせずに放置しているとなると、相当お冠になっていると予想される。

……また変な妄想を暴走させてないといいんだけど……。

「もう、こうなったらデロデロに甘やかすしかないんじゃないか？」

「甘やかす？」

「ああ。帰ったら、エリーが文句を言う前に抱きしめる」

「ふむ」

「そんで、耳元で『会いたかった』って囁《ささや》く」

「ふむ」

「そんでもう、部屋に連れ込んじまえよ」

「……それでいいのか？」

「……それしかないと思う」

エリーに攻撃の隙を与えてはいけない！

先制攻撃からの追撃で最後まで詰めてしまえ！

と、メッチャ強引な策をオーグに与えた。

まあ、エリーってオーグ相手には結構チョロいから、それでなんとかなると思う。

「それにしても、奥さんの存在を忘れるか？」

「仕方がないだろう。それどころではない案件が立て続けに発生したのだから」

「だからって、無線通信機で連絡くらい入れてれば良かったのに」

「その使い方の発想がなかった」

ああ、そういえば無線通信機は主に業務連絡に使ってるからなあ。

私的に連絡を取り合うっていう文化がまだないのか。

「あ、じゃあ、それをキャッチコピーにすれば？」

「固定通信機のか？」

「そう。元々軍で使われてたのは知れ渡ってるわけだろ？　だから最初に固定通信機を購入するのは業務連絡が多い商会とかだと思うんだ。けど、通信機の利点は遠く離れた相手とすぐに繋がれることだ。まだ結婚してない恋人とか、離れて暮らす家族とすぐに連絡が取れるとなると、結構すぐ普及すると思うんだけど、どうかな？」

「ふむ……それはいい案かもしれんな」

「だろ？　あ、そうなるとポスターも作りたいな」

「ぽすたー？」

「写真はあるわけじゃん。それを大きく引き伸ばしてさ、キャッチコピーを入れて宣伝するんだよ」

「なるほど……写真にそのような使い道が……」

この世界にも写真はある。

けど、その使い道は家族写真を撮るか、新聞に使われるくらいしかない。

ここでポスターという画期的《かっきてき》な宣伝媒体を作れば、広告効果は絶大だと思う。

「なるほど、それも前世の知識か？」

「そういうことになるのかな。前世では当たり前のことだったから」

そんな話をしていると、また後ろから話し声が聞こえてきた。

「いつの間にか仕事の話になっていますが……」

「あれもいつものことです。本当にもう」

シシリーが呆れながら俺たちに近寄ってきた。

「シン君も殿下も、エリーさんのことをないがしろにし過ぎです。私がエリーさんに報告しますよ？」

シシリーがそう言うと、オーグがシシリーに向かって頭を下げた。

「頼む、ウォルフォード夫人。それだけは勘弁してくれ」

おい。

大国の王太子がそんなことで頭を下げていいのか？

「……分かりました。ちゃんとエリーさんのことを考えてあげてくださいね」

「ああ、約束する」

「それじゃあ、送別会の前に、無線通信機でエリーさんに連絡をしてあげてくださいね」

「なっ⁉」

「約束ですよ？」

シシリーはそう言ってニッコリ微笑むと、シャオリンさんのもとへと戻って行った。

これで、先制攻撃からの追撃は無理か……。

「……シン、どうすればいい？」

「謝るしかないんじゃね？」

シシリーを……というか、女性陣を敵に回さないためにはそうするしかないだろ。

ちゃんと連絡して怒られて来い。

俺がそう言うと、オーグは諦めたように溜め息を吐いた。

「仕方がない、怒られてくるか」

そう言ったオーグは、ミン家に戻るとすぐに一人で部屋に籠もった。

扉の前で聞き耳を立てていたアリスとリンの報告によると、扉の外にまで無線通信機から零《こぼ》れるエリーの声が聞こえていたらしい。

ようやく部屋から出てきたとき、オーグはいつになくグッタリしていた。

自業自得だわ。


オーグを待っている間に準備も終わったようで、ミン家主催の送別会が始まった。

明日、一緒に飛行艇に乗って帰るということでシルバーも連れてきた。

テーブルいっぱいに並べられた異国の料理に興味津々である。

「ほらシルバー、あーん」

「あーん」

俺は唐揚げっぽい料理を箸《はし》でシルバーの口に運んでやる。

唐揚げといえば、子供が好きな料理の定番。

案の定シルバーも、その美味しさに目を輝かせている。

「それにしても、シン君、このおはし？ の使い方上手ですね」

「ああ、前世の俺の国は箸が主流だったからね」

「へえ。文化的に似ている部分もあるんですね」

「人間である以上、思考が似通うのかもしれないな」

「ぱぱ、あーん」

俺がシシリーと話をしていると、シルバーが待ちきれないとばかりに料理を催促《さいそく》してきた。

「ああ、ごめん。さて、どれがいい？」

「かーげ」

「かげ？」

「唐揚げじゃないですか？」

「ああ！」

シシリーの通訳によってようやく欲しいものが判明した俺は、再び唐揚げをシルバーの口に放り込んだ。

「もぎゅもぎゅ」

「ああ、そんな一気に食べさせちゃ駄目ですよ。ああ、ほら、お口から零れてるじゃないですか」

「あ、ごめん」

唐揚げの油が零れ、ベトベトになっているシルバーの口をシシリーが近くにあったナプキンで拭いている。

「むふ」

「こら、動いちゃメッよ」

「むむー」

「ああ、もう」

シルバーは、今シシリーに抱っこされている。

口を拭こうとするシシリーの腕の中から逃げ出そうと必死にもがいている。

対するシシリーも、逃がすまいとガッチリ抱え込んでいる。

そんな母子の攻防は、見ていてほんわかしてしまう。

「シン君！　笑ってないで捕まえててください！」

「おっと、はいよ」

「あう！」

ママよりも力の強いパパに捕まったことで観念したのか、シルバーが大人しくなった。

「本当にやんちゃなんですから」

シシリーはそう言いながらシルバーの口を拭く。

「むぐ、あう」

「はい、綺麗になりましたよ」

　シシリーはシルバーの口を拭き終わると、再び抱っこしなおした。

「はあ……凄い。ちゃんとお母さんしてるんですねえ」

　いつの間にか俺たちの近くにいたオリビアが、シシリーの様子を見て感心したように
そう言った。

　そんなオリビアに、シシリーは笑みを返す。

「もう二年近くもシルバーのママをしてますからね。大分慣れました」

「さすがシシリーさんです。私はうまくできるでしょうか……」

「赤ん坊のお世話は、ご両親とかに教われればすぐにできますよ。それよりも、私はこれ
からの方が心配です」

「これから？」

　首を傾げるオリビアに、シシリーは笑みから一転真剣な顔になった。

「イヤイヤ期と反抗期です」

「ああ……」

　そう、シルバーはもうすぐ二歳。

　二歳といえば、そろそろあれが始まるのだ。

何をするにしてもイヤイヤと拒絶するイヤイヤ期。

それが高度に発展する反抗期。

婆ちゃんから、二歳以降は覚悟しろとシシリーと二人して脅されているのだ。

「実際に、その年ごろの子供と接したことがないので、どんなものなのかは分かりません。しかし、あのお婆様が『本当に苦労した』と仰《おっしゃ》るのです」

「メ、メリダ様が⁉」

オリビアにとっても、ばあちゃんは尊敬の対象らしい。

その婆ちゃんが手を焼いたというのだ。

どんな恐ろしい事態が待っているのか……。

「あの、ウォルフォード君は前世の記憶があるんですよね？　前世では結婚してなかったんですか？」

今とは関係ない前世の話だからと、オリビアは何気なく聞いたんだろう。

けど、その言葉を聞いたシシリーは急に泣きそうな顔になった。

「シン君……結婚してたんですか？」

ちょ、ちょ、ちょおーっ‼

なんで泣きそうになってんのよ⁉

「してない！　前世で死んだとき、恋人もいなかったから！」

俺がそう言うと、シシリーもオリビアも、ハッとした顔をした。

「いや、嘘じゃないからね？　本当に独身恋人なしで……」

「いえ、そうではなくて……」

「ご、ごめんなさい！」

シシリーは泣きそうな顔から困惑の表情になり、オリビアは突然頭を下げた。

「ど、どうしたオリビア？　え？　俺、なんかやられました？」

オリビアに謝られる覚えがない。

なんでこんなに深々と頭を下げているのだろうか？

そして、なぜシシリーはそれを止めないのだろうか？

不思議に思っていると、オリビアがポソッと口を開いた。

「そうですよね……前世の記憶があるってことは、死んだときの記憶があるってことですよね……」

え？　ああ……。

オリビアの一言で、俺が死んだときのことを思い出したと思っているのか。

まあ、前世の記憶があるって時点で、前世……つまり死んで転生してるって言ってるもんな。

そりゃ気にするか。

「あの、謝ってくれてるとこ申し訳ないんだけど」

「……はい」

「覚えてないんだよね」

「「……え？」」

オリビアだけでなく、シシリーまでキョトンとした顔をして俺を見ている。

「会社を出たとこで記憶が途切れてるから……それ以降なにがあったのか、さっぱり分かんないんだよ」

「そう、なんですか？」

「うん。だから、なんかいつの間にかこの世界にいたって感じだから、そんなに気に病まなくていいよ」

「でも……」

「覚えてないことで謝られても、俺が困るってば」

「そうですか……」

「そうそう」

「……分かりました」

ようやくオリビアが納得して頭を上げてくれた。

こんな宴《うたげ》の席で頭を下げられるとか、勘弁してほしい。

しかも、覚えてないことだもんな。

「でも、シン君も初めての子育てだったんですね。良かったです」

俺の前世まで嫉妬してんのか。

まあ、記憶があるっていうなら気になるよなあ。

「親戚にも子供はいなかったから、本当に初めてなんだよなあ」

「じゃあ、私と一緒ですね」

「ああ、一緒に乗り越えよう」

「はい！」

「あい！」

俺がシシリーと手を握り合うと、シルバーがそこに自分の手を合わせてきた。

「いや、お前のことでママと頑張ろうって言ってんのよ？」

「ふふ、あはは」

「う？」

俺がシルバーに諭すように言うと、シシリーが我慢できないと笑いだし、シルバーは不思議そうな顔をした。

「はぁ、本当に気にしてないんですね」

「言ったろ？　覚えてないって。そんなのどうやって気にするんだよ」

「……それもそうですね」

オリビアは、ようやく笑みを浮かべると、近付いてきてシルバーの頭を撫でた。

「あう」

「ふふ、可愛いですね。やっぱり、私も早く自分の子供に会いたいです」

「そのためには、マークに頑張ってもらわないと……な」

そう言いながら後ろを向いた。

そこには、顔を赤くしたマークがいた。

「いや……この場でそんなこと言わないで欲しいッス」

「いいじゃん。今ここには夫婦しかいないんだからさ」

俺がそう言うと、マークとオリビアの二人は、顔を赤くしながら言った。

「「まだ夫婦じゃないです！」」

いいじゃん、夫婦ってことにしとけよ。

もう面倒くさいよ。

「タノシンデ、イラッシャイマスカ？」

そう俺たちに声をかけてきたのは、今回の送別会の主催スイランさんだ。

片言ながらも、ハッキリと俺たちの国の言葉でそう言った。

「はい。楽しんでます。ありがとうございます」

一言一言、区切るようにそう言うと、スイランさんも意味を聞き取れたのか、ニッコリと微笑んだ。

『これから、外国語学校を開くことになりました。私も、少しでも話せるようになっておきませんとね』

さすがにこれはリーファンさんの通訳が入った。

でも、そうか。

クワンロンの人たちばっかり言葉を覚えようとしているけど、俺たちもクワンロンの言葉を覚えないといけないよな。

『アールスハイドにも、そのうち語学学校を開く予定でいます。殿下にも話はしてありますので、その際は是非習いに来てくださいね』

もう、そこまで話が進んでるのね。

はぁ、本当にやり手だわこの人。

シャオリンさんがどうにかして助けてほしいと言っていたのがよく分かる。

スイランさんがいるのといないのとで、商会の発展具合は全く違うと思う。

そして、シャオリンさんはこのスイランさんがいるから、なんの憂いもなくアールスハイドに来ることができるんだと理解した。

その後は、ミン家の使用人さんたちにお礼を言って回ったりしながら過ごし、送別会が終わるころには、シルバーはすっかりシシリーの胸の中でおねむだった。

「シルバーも寝落ちしたことだし、そろそろお開きにするか」

「そうですね。姉さん」

シャオリンさんが、あえて俺たちの言葉でスイランさんを呼んだ。

「そろそろ、終わりましょう」

シャオリンさんがそう言うと、スイランさんはコクリと首肯した。

「ミナサン。ホントウニ、アリガトウゴザイマシタ」

スイランさんはそう言うと、俺たちに対し、深々と頭を下げた。

すると、オーグが一歩前に出てスイランさんに声をかけた。

『こちらこそ、大変お世話になった。礼を言う』

と、クワンロンの言葉で言ったのだ。

「お前、いつの間に……」

そう訊《たず》ねたのだが、オーグはニヤリと笑うだけで答えてくれなかった。

本当にこいつ、努力してるところとか見せないよな。

マジですげえわ。

外国の王太子に自分たちの国の言葉でお礼を言ってもらったミン家の人たちの中には、感激して涙目になってる人もいる。

本当にすげえわ。

「それではシャオリン殿。これからよろしく頼む」

「はい！　こちらこそ、よろしくお願いします」

こうして、俺たちのクワンロン滞在は幕を下ろし……。

「ところで、また酔いつぶれているナバル殿たちはどうする？」

……。

折角《せっかく》うまいこと締めようとしたのに！

この酔っ払いおやじどもが！

とりあえず酔いつぶれたおっさんたちは、各々の部屋に運びました。

「……頭痛い」

送別会の翌日、朝から二日酔いでフラフラしているエルス使節団《しせつだん》に俺は白い目を向けていた。

「知りませんよ。今日は朝から出発するって言っていたでしょう？　ほら、さっさと飛行艇に乗ってください。荷物はもう積んでますので」

「……もうちょっと出発遅らさへん？」

頭を押さえて辛そうにそんなことを言うナバルさんに俺は……。

「さっさと乗ってください」

襟《えり》を摑んで飛行艇の中に放り込んだ。

「ぎゃあっ！　頭が！　頭が割れた！　中身零れた！」

「割れてませんし中身も出てません。早くシートに座ってください」

俺はナバルさんにそう言うと、他のエルス使節団に目を向けた。

すると使節団の皆さんは急にシャキッと立ち上がり、キビキビと飛行艇に乗り込んだ。

なんだ、二日酔いは演技か？

そう思ったのだが、シートに座った瞬間、グッタリと崩れ落ちた。

……放り込まれたくない一心でシャキッとしていたのか……。

っていうか、今日は移動日なんだから、それも踏まえて飲む量を制限すればいいのに、どうしてこう酔っ払いってのは制御ができないのか？

不思議に思いながらも、俺は一旦飛行艇の外に顔を出した。

そこには、ミン家の皆さん、将軍とその部下、官僚の方たちが揃っていた。

「皆さん、お世話になりました！」

俺がそう言うと、一緒に乗り込んでいるシャオリンさんが通訳をしてくれた。

皆さん、笑顔で手を振ってくれた。

「ふふ、皆ありがとうって言ってますよ」

「……ハオって、そんなに嫌われてたのね」

「そうですね」

またあっさり肯定したな。

まあ、どう考えてもクワンロンのガンだったからな。

それを排除できて、皆喜んでいるんだろうな。

特に、シャオリンさんが嬉しそうだ。

「さて、そろそろ行くか」

オーグがそう言うと、操縦士さんたちが頷き、魔力を込め始めた。

次第に浮かんでいく飛行艇を見上げるクワンロンの人たち。

皆が手を振っているので、俺たちも窓から手を振った。

「ちょっ！　傾きますから、片方に集まらないでください‼」

操縦士さんの慌てた声で、急いで元の座席に戻った。

地上では、皆が変わらず手を振ってくれている。

なので操縦士さんが気を利《き》かせてくれて、上空で何回か旋回してくれた。

お陰で皆地上に向かって最後の挨拶《あいさつ》をすることができた。

そして、首都イーロンを離れて砂漠地帯へと向けて飛び始めた。

第五章 帰還。そして、次のステージへ

「ふう……」

オーグがそう言いながら深く飛行艇《ひこうてい》のシートに沈み込んだ。

「お疲れ」

俺はそう言いながら、オーグに冷たい飲み物を手渡した。

「ああ、すまない」

それを受け取り、口をつけると再度ほっと息を吐くオーグ。

「ようやく気を抜くことができるな」

飲み物を一気に飲み干すと、大きく伸びをする。

こんな動作でさえ、久し振りに見る気がする。

「今回は初めて訪れる国との国交樹立の話し合いだからな。言葉も通じないし、これほど疲れたのは久し振りだ」

「最近は外交らしい外交はあまりありませんでしたからね」

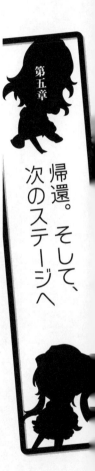

「魔人王戦役以降、各国の結束が強まったで御座るからなあ」

アールスハイドと周辺国との関係は、過去にないほど良好だ。

魔人シュトロームという脅威《きょうい》の前に一致団結《いっちだんけつ》し、その脅威を振り払ったという仲間意識が強く、各国の首脳陣も国民も他国に対して非常に友好的になった。

そのお陰で、オーグが出張るほどの問題は起きていないらしい。

やっぱ共通の敵がいると結束力が高まるっていうのは本当らしい。

そんな話を聞いて、シャオリンさんが不安そうな顔をしていた。

「あの、皆さんそんなに仲がいいのに、私が入って大丈夫なんでしょうか？」

ああ、そうか。

クワンロンは今回新たに国交を樹立した国。

シュトロームとの魔人王戦役には一切関わっていない。

他の国とは、魔人王戦役で共に戦ったという仲間意識があるのに、自分にはないことを気にしているのだろう。

「気にしなくても大丈夫だろう。今回の件は各国が我々を監視するというのが目的だ。仲良しこよしの馴《な》れ合《あ》いじゃない。心配するな」

「そうでしょうか？」

オーグは気にするなと言っているが、シャオリンさんの顔色はどうにも優れない。

「まあ、建前だけの可能性もありまんな」

そう言ってきたのはナバルさんだ。

「エルスでもアルティメット・マジシャンズの人気は大したもんでっせ？　そんな人らと一緒に働けるとなると、建前を忘れてまうかもしれませんわ」

「ほう？　エルスから派遣されてくるのは、そんな人物なのか？」

オーグが挑発的な態度でそう言うと、ナバルさんもニヤッと笑い返してきた。

「いやいや、ウチから派遣する人材はそういうことはありませんわ。というか、資料渡しましたやろ？」

「資料に書かれていたのは、その人物のプロフィールだけだ。どんな人間性かまでは書かれていないのでな」

「ほな、それに関しては私が保証しましょ。ミーハーな気分で職務を蔑《ないがし》ろにするような人物とは違います」

「そうか、それなら安心だ」

オーグがそう言うと、ナバルさんは呆《あき》れた顔をした。

「自分らを監視させるための派遣員やっちゅうのに、随分《ずいぶん》な言いようでんな？」

「なにを言っている。監視など業務の一部でしかない。事務員として派遣されてくるのだから、キッチリと仕事はしてもらわんとな」

「さいでっか」

ナバルさんはそう言うと、これでこの話は終わりとばかりにシートに横になった。

「頼むから、あんまり揺らさんように言うといて」

そう言って顔にタオルを置いて休みだした。

……荷物の管理は？

どうやら、二日酔いでそれどころではないらしい。

オーグと顔を見合わせて、やれやれと肩を竦《すく》めあった。

これはあとでアーロンさんに報告かな？　とそんなことを考えていると、ナバルさんの悲鳴が響き渡った。

その悲鳴に、慌ててナバルさんを見ると……。

「ちょっ！　坊ちゃん！　頭揺らしたらあかん！」

「おいたん、あさよ？」

もう日が昇っているのに顔にタオルを置いて寝ていたのが不思議だったのか、シルバーがそのタオルを剝ぎ取り、ナバルさんを起こそうと頭を揺らしていた。

「ちょおっ！　なにすんねんなこの子は⁉」

「す、すみません！　こらシルバー！　おいたしちゃメッ！」

「むぅ」

その様子を見ていたオーグが高らかに笑った。

「ナバル外交官、シルバーもちゃんと仕事をしろと言っているぞ？」

「そんなん言うとりますかいな！」

「だが、お前たちがアーロン大統領と一緒に帰らなかったのは荷物の管理をするためだろう？　今、まったくしていないではないか」

「そ、そらそうですけど……」

「ふむ。やはり大統領に報告を……」

「分かりました！　分かりましたから、それだけは！」

ナバルさんは必死になってオーグを止めると、もそもそと起き上がった。

「はぁ……しんど。おい、ちょっと経ったら交代やからな」

「……起きられたら代わりますわ」

「叩き起こすからな」

大声をだすのもしんどいんだろう。

エルス使節団《しせつだん》の皆さんは、ボソボソと小さい声でそんなやり取りをしていた。

「やれやれ。シルバー、お手柄《てがら》だぞ」

「あい！」

オーグに褒《ほ》められ、シルバーが得意げに手をあげた。

「もう」

シルバーを抱きかかえるシシリーは呆れ顔だ。

そんな和《なご》やかな空気の中、飛行艇は砂漠地帯とクワンロンの境目に到達した。

「さて、ここから先は風景も変わりないし、少し休むとするか」

オーグはそう言って、シートに座って目を閉じた。

「ちょっ！　私らには起きとけ言うて、自分は寝るんかいな！」

「何か問題あるか？　私には荷物を管理する仕事などないからな。あくまで、飛行艇を運用するための責任者として同乗しているだけだ。特段仕事などない」

「ぐぬぬ……」

オーグにしてやられたナバルさんは悔しそうだ。

でもまあ、オーグの言う通りではある。

ナバルさんに勝ち目は……。

「殿下、もしお暇なのでしたら、今のうちにアルティメット・マジシャンズの業務について お伺いしてもよろしいでしょうか？」

そういや、シャオリンさんが飛行艇に同乗したのは、帰りの道中でその話を聞きたいがためだったたな。

「……」

シャオリンさんから事前にそう言われて了承していた手前、断ることもできない。

オーグはそう言うと、シートから起き上がりシャオリンさんに向き合った。

その後は、シャオリンさんからの質問にオーグが答えるという形式で話が進んでいった。

「そうだったな……」

シャオリンさんたちがする仕事の内容。

まあ、受付と経理、それと依頼された仕事の分配だな。

固定通信機を事務所に設置し、そこに連絡が入ると今度は無線通信機で各自に連絡が入る。その手配をするのが主な仕事になる。

ちなみに、その固定通信機への連絡は、最初一般開放しようという意見もあったのだが、それをするとひっきりなしに連絡が入ることが予想されたため、今まで通り一旦王宮を通し、そこで依頼を精査してから連絡が入ることになっている。

今まで俺たちが学生だったということもあり、入る依頼は相当に緊急性のあるものだけに限られていた。

その依頼受理の条件が、大分緩くなるらしい。

それと、今後はキッチリと依頼料を請求するらしい。

それがそのまま俺たちの給料にはならないんだけどね。

固定給プラス、依頼達成件数による歩合給になるとのこと。

その辺りも社会人って感じだな。

その依頼達成件数の管理も仕事の内らしい。

要は、現場に出ること以外の全部ってことだ。

「まだ実質動き出していないからなんとも言えんが、相当忙しいことになると思う。それこそ、監視というのが本当にただの建前になる可能性もある」

「そんなにですか……」

「今現在、王宮に届いている依頼の数を考えるとな。正直全部は受けきれんぞ」

「そ、そんなにですか⁉」

今王宮で一番忙しい部署は、各地から寄せられるアルティメット・マジシャンズへの依頼を精査する部署だという。

そもそも王宮に届くまでにも精査はしているとのことなので、大本の依頼件数は一体どれほどの量になっているのか……。

ただまあ、その状況が続く限り、事務員さんたちを雇い続けることはできそうである。

「正直、提案しておいてなんなのだが、これで監視ができるのかは甚《はなは》だ疑問ではあるがな。まあ、もう半分建前になっているのだから、関係ないといえばそうなのだが」

これから依頼を沢山受けていくということは、俺たちは現場に出ずっぱりになるということだ。

監視とかあまり現実的ではないよな。

「でも、受け入れはするんだよな？」

「自分のところの人員を派遣しているというだけでも安心できるだろうからな」

本当に、ただの建前だな。

まあ、それで話が進んでしまっているので、今更止めましょうは通用しないかな。

そんなことをしてしまうと、各国の不安を煽《あお》ってしまうかもしれない。

折角《せっかく》、今は各国が良好な関係を築いているのに、それを俺たちが壊してしまうわけにもいかない。

それに、各国から派遣されてくる人員は相当に優秀な人材ばかりだそうだ。

それに代わる事務員を今から手配するのも可能かどうか。

「シャオリン殿はミン家でも仕事をしていたのだろう？　期待しているぞ」

「は、はい！　微力ながら、力にならせていただきます！」

とりあえず、仕事の話も終わったしあとはのんびりと空の旅を楽しもう。

シルバーは、早々に飽きてシシリーの腕の中でおねむになってるけどね。

行きにも立ち寄った野営地《やえいち》で帰りも宿泊した。

位置的にちょうどいいらしく、今後はここに中継地としての拠点を築く予定らしい。

毎回野営はしんどいしな。

そして一泊した俺たちは、ようやくエルスへと戻ってきた。

「ようやく帰ってきたなあ」

飛行艇から降り、大きく伸びをしながら見慣れた様式の建物を見回した。

国は違うが、アールスハイドとエルスは建築様式が似ている。

地続きの国だからな、その辺が似てしまうのはしょうがないのかも。

「さて、ナバル外交官とはここでお別れだな」

オーグはそう言うと、ナバルさんに向かって手を差し出した。

「お疲れ様でしたなアウグスト殿下。今回はエルスにとってもアールスハイドにとっても有意義な時間が過ごせたこと、嬉しく思いますわ」

そう言ってナバルさんは差し出された手を取り、握手をした。

「ではまた」

「ええ、また」

そう言ってナバルさんたちは大統領府に向かっていった。

「さて、私たちもアールスハイドに帰るとするか」

「だな、ただ……」

「どうした？」

「俺は帰ってから大仕事が残ってるんだよな」

「……ああ、メリダ殿への説明か？」

「そう」

帰ってきたなら、どうしても話しておかなくてはいけない相手がいる。

爺さんとばあちゃん、そしてディスおじさんには俺のことを話すと決めた。

時間が経つと、また話し辛くなるので、帰ったらすぐ話すことにしたのだ。

「なら、私も父上を連れてくるから、一緒に説明するか？」

「頼めるか？」

「了解した」

そう約束して、俺は自宅にゲートを開いたのだが……。

「おおシン君、おかえり」

「……」

俺が自宅に帰ると、そこにディスおじさんがいた。

……まだ夕方だよ。

なんで、もういるんだよ。

「父上……」

俺のあとをついてゲートを潜ったオーグも、まさかもういるとは思わなかったのだろう。

呆れた様子でディスおじさんを見ていた。

「いや、そろそろ帰ってくるころかと思ってね。ここで待っていれば、すぐに報告が聞けるだろう？」

「報告もなにも、実際に調印したのは父上ではないですか。まさか、合意文書をよく読んでいないとか言いませんよね」

「も、もちろん熟読したとも。一国の王がそんな適当なことをするはずがなかろう」

「では、一体なんの報告を待っていたのですか？」

「そりゃあ、その合意文書以外の色々だ」

つまり、俺らがクワンロンでどんなことをしていたのか教えろということだろう。

まあ、確かに俺の前世以外にも伝えておいた方がいい報告もある。

ここにいるってことは、色々と調整済みだろうし、ちょうどいいか。

「じいちゃんと婆ちゃんもいい？」

「ほっほ。もとからそのつもりじゃ」

「というか、今度はどんな騒動を起こしてきたのか、しっかりと説明してもらうからね」

なんで婆ちゃんは、俺が騒動を起こす前提で話をしているのか。

俺だって他国で余計な騒動なんか起こす気ないよ！

勝手に騒動が起きるんだ！

その気持ちをグッと抑え、クワンロンで起きた出来事を話していく。

ミン家を巡る騒動から、竜の大量発生とその討伐。

その中でも特に重要なのが、クワンロンに伝わるあの話とハオの顚末である。

「なんだって⁉　魔石《ませき》を摂取《せっしゅ》すると、魔法が使えない者が使えるようになるだって⁉」

その話はやはり衝撃的だったようで、婆ちゃんが声を荒らげた。

「それは本当なのかい？」

「俄《にわか》には信じられんのう……」

ディスおじさんも爺さんも、信じられないという表情だ。

「間違いありません。ハオは魔法が使えませんでした。それが軟禁《なんきん》されている屋敷から逃亡する際、間違いなく魔法を使ったと報告されていますし、屋敷から粉末状に砕いた魔石も見つかっています」

オーグがそう言うと、婆ちゃんたちはようやく信じてくれたようだ。

「しかし、本当に重要なのはここからです」

オーグはそう言うと、魔石を摂取した者は、ほぼ百パーセント魔人化してしまうことを告げた。

「その事実を隠すため、クワンロンでは魔石は毒だと教えられています。これはミン家との個別の取引になりますが、これからアールスハイドに魔石が流入してくることになります。アールスハイドでも同じような措置を取るべきかと」

オーグがそう進言すると、ディスおじさんは腕を組んで唸《うな》った。

「確かに、魔石を摂取すると魔人化すると知らせるより、毒と言った方がよいか」

「そうしな。そうでないと、魔人化してでも魔法の力を手に入れようとする輩《やから》が出てくるよ」

「昔のクワンロン上層部もそう考えたようです。なので、この事実を知っているのは今も上層部のごく一部だけです」

オーグはそう言うと、一緒についてきていたシャオリンさんを見た。

「はい。私は今回の件があるまで、魔石は致死性の毒なので絶対に摂取してはいけないと教わってきました」

「そう教えてきたことで、ここ数十年魔石の摂取による魔人化は起こっていないそうです」

シャオリンさんとオーグの追加情報で、ディスおじさんは腹を決めたようだ。

「分かった。このことは一部の者だけには伝えておこう。軍の上層部だけでいいか」

「それでいいかと」

「うむ」

とりあえず、この件に関してはディスおじさんに一任することにした。

そして次に話したのは、前文明の遺跡についてである。

「は？　前文明、だと？」

ディスおじさんは、なにを馬鹿なことをという態度だ。

まあ、アールスハイドだとそういう反応になるよな。

「与太話でも都市伝説でもなく実際に遺跡がありました。我々も確認しています」

オーグのその言葉にいち早く反応したのは婆ちゃんだった。

「本当にあるってのかい⁉　見間違いとかじゃなくて⁉」

「ええ。実際に遺跡の街並みを見てきました。あのような都市は見たことがない。間違いなく幻の前文明です」

それを聞いた途端、婆ちゃんの様子が変わった。

「まさか本当に？　どれだけ調べても手掛かりさえ見つからなかった前文明の遺跡がそんなところに……今すぐ……いや、でもシンの手前……」

婆ちゃんは、マッシータの魔道具を求めて戦争中の国にまで足を運んでいたらしいからな。

本音を言えばすぐにでも遺跡を見に行きたいんだろう。

けど、今まで散々俺に自重しろと言ってきた手前、すぐに行きたいとは言い出せないようだ。

そこへ、シャオリンさんから救いの手が差し伸べられた。

「そんなに焦《あせ》らなくとも、クワンロンでは前文明の遺跡は観光地になっています。お時間があればいつでも行けますよ。シン殿にはゲートがありますし」

「本当かい⁉　ならあとで連れて行ってもらおうかねえ！」

え？　あとで？

ってことは、このあとすぐってこと？

婆ちゃんは、もう婆ちゃんなのに、なんでこんなに行動的なんだ。

「本当に血の繋がりがないんですか？　シン君にそっくりです」

珍しく興奮している婆ちゃんを見ながら、シシリーが俺に耳打ちした。

それな、俺も思うわ。

「話はこれで終わりかい⁉　なら早速……」

「すみませんがメリダ殿、話はもう少し続きます」

そしてオーグは、その前文明が崩壊した経緯《けいい》について話し始めた。

国を跡形もなく破壊するほどの兵器が作られ、それが実際に使われたと思われること。

今後、魔道具の開発が進めば、いずれそのような兵器が作られるかもしれないこと。

そうなる前に、抑止力とはいえそのような兵器は作るべきではないと各国が歩調を合わせる必要があることなどを伝えた。

その説明を受けたディスおじさんはまた難しい顔で唸り、婆ちゃんはなにかに納得した顔をした。

「なるほどねえ。どうりでどこを探したって前文明の痕跡《こんせき》が見つからないわけだ。まさか、跡形もなく吹き飛ばされていたなんてねえ……」

「恐ろしい話じゃの」

今にも色々と調べに行きたそうな婆ちゃんに比べて、爺さんは深刻な顔をしている。

それもそうだろう。

以前のシュトロームが引き起こした以上の惨状を人間が引き起こしたというのだから。

魔人の被害を知っているだけに、事の深刻さがわかるのだろう。

「それにしても、クワンロンとやらではそこまで研究が進んでいるのかい？」

あまりにも詳しく前文明が崩壊した経緯を説明したので、クワンロンでは相当前文明に関する研究がされていると感じたのだろう。

婆ちゃんがシャオリンさんにそう聞いた。

だが、聞かれたシャオリンさんは困り顔だ。

「いえ、クワンロンでもそこまでは解明されていません」

そう言うシャオリンさんに、婆ちゃんは怪訝《けげん》な顔をした。

「どういうことだい？　今までの話は、全部あんたたちの想像だってのかい？」

「それにしては、随分具体的だったが……」

ディスおじさんも不思議そうな顔をしている。

俺は、オーグと顔を見合わせ、ここから話を引き継いだ。

「俺が遺跡の状況から推測《すいそく》したんだ。ほぼ間違いないと思う」

「シンが？」

「どういうことだい？」

婆ちゃんも爺さんもディスおじさんも俺を見てくる。

俺は、一旦深呼吸して息を整えると、三人に打ち明けた。

「俺さ、異世界で生きていた前世の記憶があるんだ」

俺がそう言うと、三人とも一瞬目を見開いたが、それ以上驚くことはなかった。

「あ、あれ？」

いや、俺、今、結構重大なこと言ったよ？

なんで、ちょっと驚いたくらいの反応なの？

「それで？　アンタが前世の記憶を持ってることと、前文明が崩壊した経緯を説明できることがどう繋がるんだい？」

「え？　えーっと……」

逆に俺が混乱しながら、前文明が崩壊した経緯を推測した理由を説明する。

前文明の街並みが、前世の記憶にある街にそっくりなこと。

そこから、前文明時代にも俺と同じような前世の記憶を思い出した人間がいると思われること。

恐らく、その前世の記憶を持っている人物が、抑止力のために甚大な被害をもたらす兵器を作成したこと。

前世の記憶がある異世界では、そのような兵器を作っても使われることがなかったので、まさか使われるとは思っていなかったと思われること。

しかし、その威力を知らない時の為政者《いせいしゃ》がそれを使用してしまったこと。

その結果、前文明は崩壊してしまったことを話した。

そこまで話すと、三人とも深い溜め息を吐いた。

「なるほどのう。そういうことなら、シンの言う推測で間違いないように思えるのう」

「というか間違いないんじゃないのかい？　ディセウム、今ここでこの話が聞けたことは重畳《ちょうじょう》だ。今後も決してそんな兵器が作られないように、厳しく取り締まりな」

「分かっております。王宮に戻り次第、各国の王に連絡を取りましょう」

「ちょっ、ちょっと待って！」

あまりにも普通に話す三人に、思わず待ったをかけてしまった。

「なんだい？　今大事な話をしているところだよ」

「それは分かってるけども！　俺、今結構重大なこと告白したよ⁉　なんでスルーなのさ⁉」

「なんでって、構ってほしいのかい？　父親になったってのに、まだ子供のつもりなのかい？」

「そうじゃないよ！」

なんだよ⁉

なんか俺が構ってちゃんみたいじゃんか！

俺がおかしいのか⁉

三人の態度に俺が頭を抱えていると、婆ちゃんが溜め息を吐きながら言った。

「まあ、今更だからねえ」

「……どういうこと？」

「あれは、アンタが初めて魔物を倒したときだったかねえ。マーリンやミッシェルを交えて話してたんだよ。アンタが別の世界から来たって言われても驚きやしないってね。まさか本当だったとは思わなかったけど、お陰で色々と疑問が晴れるってもんさ」

「そうじゃのう。シンの魔法に関する考え方はどこから来とるのかと常々《つねづね》疑問じゃったが、そういうことなら納得できるでな」

「正直、私はシン君は人間じゃないかもしれないと思っていたからねえ。それくらいなら許容範囲だ」

「ディスおじさんが一番非道い⁉」

なんで皆、俺のこと人外認定なの⁉

「まあ、そんなわけでね。今更アンタに前世の記憶があるって言われても、やっぱりねって感想しかでてこないねえ」

「そッスか……」

なんだよ……。

俺の決死の覚悟を返せってんだよ。

「それはそれとしてだ。アンタ、今までの所業は前世の記憶を元にしてたってことでいいんだね？」

「まあ、そうだよ」

「なら、これからなにか作る前に、アタシに全部説明しな」

「全部⁉」

「当たり前さね！　アンタの記憶にある異世界は前文明並みに発展してたんだろう⁉

そんな記憶を元にした魔道具なんて、それこそ前文明の二の舞になるかもしれないじゃないか！」

「いや！　ちょっと待って！　俺、今まで武器や兵器なんて、バイブレーションソード以外世に出してないよね⁉」

俺がそう言うと、婆ちゃんは「ふむ」と考え出した。

「そう言われればそうかねえ。一応その辺は自重してたのかい」

「自重っていうか……前世で俺が住んでた国は、武器とか兵器とか所持できない国だったから、そういう発想がないんだ。その代わり、魔道具に代わるものがすごく発展してたんだよ」

「なるほどねえ。言われてみれば、アンタの作ってきた魔道具は、生活に密着してるものが多いか」

「そうだよ」

言っとくけど、俺は好戦的な性格はしてないからな。

魔道具だって、俺自身の生活を便利にするために開発してるようなもんだし。

「それでも、やっぱり事前に説明しな」

「なんで？」

「アンタの作る魔道具は先進的すぎるんだよ。アンタは前世で使ってたから何の気なしに作っちまうかもしれないけど、この世界では刺激が強すぎるんだ。アンタはどうにも、その辺りの匙加減《さじかげん》が苦手みたいだからねえ。監督しないと世間が混乱するんだよ」

「便利なのに……」

「だから、段階を踏みなと言ってんのさ。アンタはいきなりすぎるんだよ」

「むぅ……」

婆ちゃんの言う通りのような気がする。

俺が作る魔道具は、皆の生活を向上させることを目的にしている。

便利なものだからいいだろうって。

でも、よく考えてみたら、前世の世界でも最初に発表される発明品はどれも原始的なものだった。

そこから徐々に発展していき、より便利に多機能になっていった。

その経緯をすっ飛ばしてる。

言われてみればその通りだ。

「だから、とりあえず覚えてる限りでいいから、どんな道具があったのか説明しな」

「でも、説明しろって言われても、それこそ数えきれないくらい色々あったからな……」

なにから説明していいのやら。

そう言うと、婆ちゃんは深い溜め息を吐いた。

「ってことは、これからずっとアンタの作る魔道具に付き合っていかなきゃいけないのかい？」

「まあ……必要だなって思ったものだけにするよ」

「そうしとくれ」

結局、ここでも俺の前世の話はすんなり受け入れられた。

俺のことをズルイと言ったり、気味悪がったりしないのはとても嬉しいけど……。

皆が揃いも揃って俺を人外扱いしてんのはどうなのよ？

◆

シンが、自宅でメリダたちに自分のことを打ち明けているころ、アールスハイド王都のとある家を一人の男が訪ねていた。

玄関の呼び鈴を鳴らすと、中から女性の声が聞こえてきた。

「はぁーい。誰え？」

「あ、ロイスです」

その家を訪れていたのは、クロード家の長男、ロイス＝フォン＝クロード。

シシリーの兄である。

「ロイスさん？　どしたの？」

そして、家から出てきたのはアリスだった。

「やあアリスちゃん、お父さんいるかい？」

「お父さんなら、さっきお母さんと買い物に行っちゃったよ」

「ありゃ、そうだったか」

「なにかお父さんに用事？」

「うん。至急社長に目を通してもらわないといけない書類ができちゃってね」

「そっかあ、今日お父さんお休みだけど、ロイスさんは休みじゃないの？」

「ウォルフォード商会は年中無休だからね。なるべく休みが被らないようにしてるんだよ」

「そっか。あ、もうすぐ戻ってくると思うから中で待ってる？」

「いいのかい？」

「もちろん」

シシリーの兄であるロイスは、シンが会長を務めるウォルフォード商会の専務取締役である。

アリスの父であるグレン＝コーナーは代表取締役社長。

つまり、上司と部下の関係なのである。

そして、ロイスは今日出勤だったのだが、至急社長であるグレンに目を通してもらわなければいけない書類が出てきたため、こうして自宅を訪れたのである。

「はい、お茶どうぞ」

「ありがとう。あれ？　このお茶、変わってるね」

「でしょ？　それ、クワンロンのお茶なんだよ」

「へえ。そういえば、アルティメット・マジシャンズは、エルスの向こう側にある国に出向してたんだっけ？」

「そう！　もう、あっちでも大騒動でさ！」

シンに話した通り、身近な男性に不信感を覚えているアリスであるが、父の部下であり、シシリーの兄であるロイスに対しては全く警戒心を持っていない。

クワンロンでの騒動を、機密に抵触しない程度に面白おかしく話していくアリス。

そんなアリスを、ロイスも楽しそうに見つめている。

上司の娘であるが、妹の友達でもあるアリス。

シシリーの姉であり、自分の妹であるセシリアとシルビアに虐げられ女性に対してあまり自信のないロイスも、この無邪気《むじゃき》な少女に対しては自然体で向き合える。

そんな二人は、グレンの帰りを待つ間楽しい時間を過ごしていた。

「ただいま。おや、お客さんかい？」

「あ、社長、すみませんお休みのところ」

ロイスは、グレンが帰ってきたのでアリスとの会話を切り上げてそちらに向かった。

「実は、社長にすぐ目を通してもらいたい書類がありまして……」

「なんだロイス君か。どうしたんだい？」

それに対して、アリスはむくれてしまった。

「むぅ」

グレンと一緒に帰ってきたアリスの母がそう訊《たず》ねると、アリスは口を尖らせながら不満を漏《も》らした。

「そんなにむくれて、どうしたの？　アリス」

「まだ話の途中だったのに」

「しょうがないでしょ。ロイスさんは仕事の話をしに来たみたいだし」

「むう」

母になだめられるも、アリスの機嫌は直らない。

その様子を見た母は目を丸くした。

「あらあら」

母はそう言って、なにやら楽し気にアリスとロイスを交互に見比べていた。

やがて、ロイスとグレンの話は終わったようで、アリスに向かって声をかけてきた。

「それじゃあアリスちゃん、僕はこれで失礼するね。お茶、ご馳走様《ちそうさま》」

「ええ⁉　まだ話の途中だよ⁉」

「はは、これでも仕事中なんだ。続きはまた今度きかせてね」

「絶対だよ！」

そう言うアリスに、ロイスはにこっと微笑んだ。

「うん。また伺うよ」

「約束ね！」

「分かった」

ロイスはそう言うと、グレンにも挨拶《あいさつ》をして家を出ていった。

「お父さん！　今度ロイスさんを家に連れてきてよ！」

玄関が閉まるなり、アリスは父にそう言った。

その様子に、父も目を丸くし、その後表情を微笑みに変えた。

「ああ、仕事終わりに誘ってみるよ」

「絶対ね！」

アリスはそう言うと、自分の部屋に戻ってしまった。

残った父と母は、アリスの様子をみてお互い顔を見合わせた。

「いやはや、そういうことなのかな？」

「どうかしら？　なんせアリスだから」

「あんまり口を出さない方がいいかな？」

「でしょうねえ。お膳立《ぜんだ》てするくらいでいいんじゃない？」

父と母は、再度顔を見合わせ、今度は笑いあった。

もしかしたら、訪れるかもしれない未来に思いを寄せて。

◆

「ああ、暇あ」

シンたちより一足先に自宅に戻っていたマリアは、自室のベッドに寝転がり暇を持て余していた。

「ちょっと……アタシは暇じゃないんですけど」

その部屋に一緒にいるのは、今年騎士学院を卒業し騎士団に入団したミランダだ。

「いいじゃない。今日は非番なんでしょ？」

「非番なんだから休ませなさいよ！」

学院卒業と同時に騎士団に入団したミランダは、すでに騎士団の業務に就いている。

今は敵国であった帝国がなくなってしまったので、騎士団の主な仕事は魔物の討伐である。

　昨日もその任務に就いていたミランダは、非常に疲れていた。

　ミランダは、魔人王戦役においてアルティメット・マジシャンズに同行し、シュトロームと実際に戦った唯一の騎士として、入団前から注目の的であった。

　そんな注目されている中での魔物討伐である。

　体力的な疲労より、精神的な疲労の方が大きく、非番である今日はゆっくり休もうと思っていた。

　そこにマリアからの呼び出しである。

　魔法使いでないミランダはゲートなど使えないので、徒歩でメッシーナ邸まで来た。

　メッシーナ家の使用人たちもすでに顔見知りで、訪れるなり部屋まで通してくれる仲である。

　そうして部屋に入ると、目に入ったのがベッドでゴロゴロしているマリアの姿だった。

「アンタの暇つぶしに付き合わせるために呼んだんなら帰るわよ？」

「待ってよお〜、一緒にゴロゴロしようよお〜」

「うわっ！　ちょっ！　放して！」

　帰ろうとするミランダをマリアが必死に引き止め、ベッドに引きずり込んだ。

「ったく、なにがしたいのよ⁉」

「私だって疲れてるのよお。昨日までクワンロンで大騒動だったんだからあ」

「なら今日はマリアも休みなの？　なら大人しく休んでなさいよ」

「一人だと暇なのよお」

「いや、休むなら一人で休みなさいよ」

「いいじゃん、ちょっとくらい付き合ってよ」

「……ったく」

なんだかんだ言って、この二人は仲がいい。

以前はシシリーも交えて三人でお泊まり会をよく開いていた。

最近ではシシリーが結婚し、子育てに忙しいので参加できなくなってしまったが、それでも二人でのお泊まり会は開催している。

それくらいには仲がいいのである。

「それでさあ、相変わらずシンとシシリーはイチャイチャしててさあ……」

「ふーん」

「おまけにマークとオリビアまでイチャイチャしてるしさあ……」

「へえ」

「それに、ユーリに彼氏ができてたのよお……」

「そ……なに⁉」

マリアの衝撃的な話の内容に、それまで気のない返事をしていたミランダが思わずべッドから起き上がった。

「おい！　それはどういうことだ⁉」

今まで、自分と同じく彼氏いない同盟の同志だったはずのユーリに彼氏ができた。

その件をマリアに問いただそうとしたのだが……。

「……すぅ」

「嘘でしょ⁉」

話をしているときからなんとなく怪しかったが、マリアは気になる発言をするだけして寝落ちしていた。

「ちょっと！　気になるから続き聞かせなさいよ！」

「うーん……ミランダうるさい……」

「ふざけんじゃないわよ！」

なんとかしてマリアを起こし、真相を聞き出そうとするが、マリアも相当疲れているのか一向に起きる気配がない。

「なんなのよ、もう！」

ミランダは憤慨し、マリアの隣に寝転んだ。

「呼び出したかと思えば、気になることだけ言って寝ちゃうし、本当にもう」

そうして寝転がりながら文句を言っていたミランダだが、彼女も慣れない仕事に疲労が溜まっている。

そんな中で、貴族の屋敷にあるフカフカのベッドで横になっていればどうなるか。

次第に疲労から瞼が重くなってくるミランダ。

「あふ……」

「ああ、もういいや。アタシも寝よ」

こうして休日に女子二人、ベッドで仲良く眠りにつくのであった。

その後、お茶を持ってきた使用人が、ベッドで仲良く眠っているマリアとミランダを見て、微笑《ほほえ》ましいがそれでいいのかと思いつつ、部屋からそっと出ていった。

本当に、それでいいのだろうか？

◆

アールスハイドに戻ってきてから、婆ちゃんたちに事情説明をした数日後、俺たちはウォルフォード商会の上にある事務所に来ていた。

この建物は、丸ごとウォルフォード商会の持ち物であり、一階と二階が店舗。

三階が事務所になっている。

そして、四階と五階は空いており、ここがアルティメット・マジシャンズの事務所になる予定である。

そこを、アルティメット・マジシャンズとシャオリンさんで訪れた。

シャオリンさんは、アールスハイドでの住まいが見つかるまでウォルフォード家に居《い》候《そうろう》することになっている。

結構条件のいい物件が見つかったそうだけど、手続き等の問題からまだウォルフォード家にいる状態。

なので一緒に行動している。

さて、俺たちがなぜここにいるのかというと、ここで顔合わせが行われるからだ。

目の前には六人の男女が並んでいる。

皆一様に緊張している様子が見て取れる。

ここにいるのは、各国から派遣されてきた事務員たちだ。

スイード、ダーム、カーナン、クルト、エルス、イースの六か国で六人だ。

これにクワンロンのシャオリンさんを加えた七人が、各国から派遣される事務員兼監視員となる。

もちろん、七人で業務を回すのは難しいので、それ以外の人員も雇う予定ではあるけれど、それは国の方で手配してくれるらしい。

素性《すじょう》も全部調べるとのことで、採用に関して物凄《ものすご》い厳戒態勢である。

まあ、下手《へた》な人間を雇い入れることはできないからしょうがないことである。

それはそれとして、まずは目の前にいる六人とシャオリンさんは採用することが決定している人員である。

まだ実務は開始していないが、とりあえず顔合わせだけでもということである。

「皆、よく集まってくれた。私がアルティメット・マジシャンズの副長、アウグスト＝フォン＝アールスハイドだ」

副長？

いつの間にそんな役職ができたんだ？

「そして、こいつがアルティメット・マジシャンズの代表である、シン＝ウォルフォードだ」

「シンです。初めまして」

俺がそう挨拶をすると、皆が揃《そろ》って頭を下げた。

「は、初めまして！　私はスイードから派遣されてきました、カタリナ＝アレナスです！　アルティメット・マジシャンズの皆さんとお会いできて光栄です！」

そう言って挨拶をしたのは、ピッチリとスーツを身にまとい、茶色い髪を結いあげたいかにも仕事ができそうなお姉さんだった。

秘書って言うのがピッタリな感じだ。

「よろしくねカタリナさん」

「はい！　その節は、スイードを救って頂いて、ありがとうございました‼」

そう言って俺たちを見るその目は、キラキラと輝いている。

スイードが魔人に襲われたとき、直接助けたのが俺たちだったからなあ。

未《いま》だにスイードの人たちは感謝してくれているんだな。

そのことを嬉しく思っていると、隣にいる女性が挨拶をした。

「えと、あの、ダームから来ました、アルマ＝ビエッティです……」

アルマさんという女性は、肩口くらいまでのショートボブの髪型をした、非常に若く見える小柄な女性だった。

最初に受けた印象は「小動物」って感じ。

これが、要注意って言われてたダームの派遣員か……。

なんかおどおどしているし、無害そうだけどな。

「よろしくね、アルマさん」

「は、はい……よろしくお願いします……」

本当に無害そうだけどなあ。

とはいえ、情勢不安定なダームから来ている彼女は、一応警戒はしておくか。

あんまり疑いの目で見るのは申し訳ないけど。

それにしても、監視員のはずの彼女を監視しないといけないとか、よく分からん状況だな。

「初めまして！　自分はカーナンから来ました、イアン＝コリーです！　シン様のことをよくサポートするようにとガランさんから言いつかっております！」

カーナンから来たのはイアンさんという、黒髪短髪で結構ガタイのいい男性だ。

俺より年上っぽいけど、様って……。

それになんだろう、カーナンの男は、皆マッチョなんだろうか？

「そ、そう。ガランさんから。えっと、イアンさんは羊飼いなんですか？」

「いえ、羊飼いは選ばれた男しかなれませんから……自分は羊飼いたちのサポートをしたり、魔物化した羊の羊毛の管理なんかをしてました」

これで駄目なのか。

そして、事務員もマッチョ。

もう俺の中では、カーナンはマッチョの国だ。

「私はクルトから来ました、アンリ＝モントレーと言います。よろしくお願いします」

おお、クルトの人は落ち着いてるな。

細長い眼鏡をかけていて、いかにも仕事のできそうな雰囲気の男性だ。

「よろしくお願いしますアンリさん」

「ふふ、シン様。あなたは世界の英雄です、私などアンリと呼び捨てにしてください」

「え？　い、いや、年上そうだし、皆さん派遣ということですから本来の所属は各国でしょう？　呼び捨てなんてとても……」

「いえ！　あなたは私を呼び捨てにするべきです！　なんなら犬と呼んでいただいても構いません‼」

「……」

おう……。

仕事できそうだと思ったのに、とんでもなくヤベー奴が交じってんぞ。

「……よろしくお願いします、アンリさん」

「……ちっ」

舌打ちした！

呼び捨てにしなかったら舌打ちしたよ、この人‼

一番まともそうだと思ったのに、一番おかしい人だったよ。

「コホン、よろしいでしょうか？」

「え？　あ、ああ。すみません、どうぞ」

「私はイース神聖国から参りました、ナターシャ＝フォン＝フェルマーと申します。御《み》使《つか》い様《さま》、聖女様、お会いできましたこと、心より嬉しく思います」

ナターシャさんは、神子服《みこふく》をきた神子さんだ。

やっぱり、イースには神子さんしかいないんだろうか？

それよりも……。

「えっと……ナターシャさんって、貴族なの？」

宗教国家なのに、貴族なんてあるんだろうか？

「一応、実家は領地を持っておりますが、イースでは貴族という地位はございません。私の家は枢機卿《すうききよう》の家系でございます」

「あ、そうなんだ」

あ、ってことは……。

「じゃあ、エカテリーナさんの実家も枢機卿なの？」

あの人の名前、エカテリーナ＝フォン＝プロイセンだし。

俺がそう言うと、ナターシャさんが真っ青な顔になった。

「き、き、教皇猊下《きようこうげいか》をさん付けで呼ばれるなんて……」

あ、やべ！

神子さんの前でエカテリーナさんって呼んじゃった！

「いや！　あの、婆ちゃんの弟子だっていうし、よく家に遊びに来るし、つい……」

俺が色々と言い訳を並べ立てるが、ナターシャさんは俯《うつむ》いてプルプル震えていらっしゃる。

ヤバイ、完全に怒らせ……。

「教皇猊下とそのような関係にあられるなんて！　やはり御使い様は凄い方です！　ますます尊敬してしまいます！」

あれ⁉

この人もちょっと変⁉

今のところまともな人が、最初のスイードのカタリナさんしかいないんだけど⁉

「あ、あはは。よろしくお願いしますねえ」

「はい！　御使い様と聖女様のためなら、この命いつでも差し出す所存です！」

「事務仕事に命張る要素一個もないから！」

「ぶふっ！」

トンチンカンなことを言うナターシャさんに、思わずツッコミを入れてしまった。

すると、最後に残った人が、堪え切れずに噴き出してしまった。

「ああ、すみません！　ええっと……」

最後はエルスの人だよな。

黒髪で、ちょっとワイルドな感じの男性。

カーナンのイアンさんほどマッチョではないけど、十分鍛えられている体格。

これくらいの細マッチョの方が恰好いいよね。

でも、なんか見たことある感じなんだよな、この人。

誰だっけ？　なんか最近見たような。

「ぐふっ、あふっ！　はああ……すみません。シンさんのツッコミがツボに入ってしまって……」

エルスの男性は、ようやく笑いの発作が治まったのか、自己紹介をしてくれた。

「僕は、カルタス＝ゼニスです。よろしゅう」

「そうですか、よろしく……」

ん？　ゼニス？

俺は言葉を途中で止めてカルタスさんをマジマジと見てしまった。

「あ！」

そうだよ、最近見たはずだ、この人……。

「父がいつもお世話になってます。アーロン＝ゼニスの息子です」

アーロン大統領に似てるんだ！

「え⁉　アーロン大統領の息子⁉　ってことは王子様⁉」

カルタスさんの自己紹介に驚いたのか、マリアが声をあげた。

「その認識はちょっとちゃいますね。エルスの大統領は世襲制《せしゅうせい》やないので、僕は次期大統領ではないんです」

「あ、知事の中から選挙で選ばれるんでしたっけ？」

「その通りです。なので、僕はアーロン大統領の息子ですけど、一般人です」

「そうですか」

そういや、エルスは半民主制みたいな国だったな。

国家元首を選挙で選ぶから、その子供はあくまで一般人だ。

「そういや、そうだったわね。なんていうか、紛《まぎ》らわしいわね」

いや、マリアの方がこの世界の世情には詳しいだろうに、なに言ってんだ。

「まあ、そんなもんやと思といてください。僕はここに来るまでは商会で経理やってましたんで、お金の計算は任せといてくださいね。戦乙女様《いくさおとめさま》」

「な⁉　ちょっ！　その名前で呼ぶな‼」

「あれ？　ひょっとして、この名前好きやないんですか？」

「好きなわけないでしょ！　恥ずかしいだけよ！」

「そらすんませんなあ。結構浸透しとるから認めてんのやと思てましたわ」

「……なんてこと。そんなに浸透してるなんて……」

まあ、魔王やら神の御使いやらよりはマシだと思うよ。

「まあ、そんなわけで、これからよろしゅうお願いします」

「こちらこそ、よろしくお願いします」

さて、これで全員かな？

「シン殿、私も皆さんに自己紹介したいのですが……」

「あ、ごめんなさい。シャオリンさんのことは知ってるから必要ないと思ってました」

「シン殿たちには必要ないでしょうが、皆さんには必要かと」

シャオリンさんはそう言うと、六人に向かって頭を下げた。

「エルスの東、大砂漠地帯を超えた国クワンロンから来ました、ミン＝シャオリンと申します。実家は商会で、そこで営業から仕入れまで色々と行ってました。皆さん、よろしくお願いします」

シャオリンさんがそう言って自己紹介をすると、カタリナさん、アルマさん、イアンさん、カルタスさんはパチパチと拍手をしてくれた。

だが、アンリさんとナターシャさんは厳しい顔をしている。

どうした？

「シャオリンさん、と仰《おつしや》いましたか」

アンリさんが、静かな口調でシャオリンさんに訊ねた。

「はい」

シャオリンさんが返事をすると、続けてナターシャさんも訊ねた。

「シン様たちと仲がいいご様子ですが……どのような関係なのでしょうか？」

え？　なんでそんなこと聞くの？

「シン殿は我がミン家の大恩人です。クワンロンを訪れて頂いた際、ミン家にお泊まりいただき、歓待《かんたい》させていただきました」

シャオリンさんのその言葉に、アンリさんとナターシャさんは物凄いショックを受けた顔をしていた。

「家に招いて歓待……」

「なんてこと……」

二人そろって両手と両膝を突いている。

なんか、絶望のポーズだ。

ひとしきりショックを受けた二人は、ガバッと立ち上がり、シャオリンさんに向かって指をさした。

人を指さしちゃいけません。

「『これで勝ったと思うなよ！』」

「なにがですか⁉」

シャオリンさんが、なんか宣戦布告《せんせんふこく》されてた。

なんか、違う意味で目を付けられちゃった感じだなあ。

「おい、これ、本当に優秀なのか？」

「あ、ああ、プロフィールを見る限りはそうなのだが……」

今まで書類上でしか知らなかったオーグも困惑している。

はあ、本当にこれで運営が回るの？

◆

アルティメット・マジシャンズに、内勤専門の事務員を各国から派遣してもらい、いよいよ学院の研究会活動ではない業務としての活動が開始された。

開始されてまず驚いたのは……依頼の量。

アルティメット・マジシャンズへの依頼方法として、一旦王宮に集まった依頼を精査し、それを俺らに振り分けるという方式をとっているため、事務所に設置された固定通信機が鳴りやまない、ということはない。

だが、すでに精査済みの依頼が、山のように事務所に届けられていた。

「えっと……これ全部？」

「はい。緊急性の高いものを優先して選んでおりますので、皆さまには早速依頼に取り掛かっていただきたいと思います」

そう俺らに説明するのはカタリナさん。

やっぱり、できる秘書みたい。

「えっと、それで、どの依頼を受ければいいの？　あたしらが勝手に選んでいいの？」

アリスが大量に用意された依頼に気圧されつつもカタリナさんにそう聞いた。

「いえ、誰にどの依頼をしていただくのかは事前に振り分けてあります」

カタリナさんはそう言うと、各人に依頼書の束を渡していった。

「皆さまからお伺いした得手不得手、そして性格などから判断し振り分けさせていただきました」

「それもカタリナさんがやったの？」

自分の分だと渡された依頼書を見ながらマリアがそう訊ねた。

「いえ、振り分けたのはカルタスさんです」

「へえ」

マリアはそう言うと、新たに送られてくる依頼書と睨《にら》めっこをしているカルタスさんを見た。

皆の視線もカルタスさんに向いていたので、それに気付いたカルタスさんがこちらを見て、「え？　なに？」みたいな顔をして驚いていた。

「凄いわね。この短期間に性格まで把握して考慮するなんて」

「適材適所ですわ。それを怠ったら効率が悪いですからね。そういうのは時間の無駄です」

「へえ、優秀なのね」

おお、マリアが男の人を褒めるとか珍しいな。

でもまあ、カルタスさんはマリアの嫌いな軟派な男じゃないし、普通に接してればマリアも普通に応対するんだな。

「はは、別に大したことちゃいますよ」

しかも謙遜《けんそん》までできる。

最初はどうなることかと思ったけど、各国は結構本気でできる人材を集めてきたらしい。

「行動は二人一組でお願いします。もしなにかトラブルが起こった場合は、すぐに事務所に連絡してください。王宮も交えて対処します。それにしても、この無線通信機も固定通信機も本当に便利ですね。これがあれば、以前の業務ももっとスムーズにできたのに」

カタリナさんが、自分専用に支給された無線通信機を持ちながらそう呟《つぶや》いた。

まあ、一度その便利さを知っちゃったら手放せないよね。

その証拠に、他の人たちも同意するように頷《うなず》いている。

「この転送機も凄いですわ。なんですの？　書類がそのまま送られてくるって。反則過ぎますって」

カルタスさんがそう言うのは、さっきから次々と依頼書を吐き出している転送機。

これは、ゲートの魔法を付与した魔道具。

対になっている魔道具同士で書類の転送ができるものになっている。

ＦＡＸみたいに、複数の機械とのやり取りはできない。

それでも、王宮からこの事務所までの往復を考えたら、とんでもない効率化を図《はか》ることができている。

「すみません、話が脱線してしまいました。それでは、これから毎朝ここで精査済みの依頼を受け取って依頼に当たっていただくことになります。原則、一つの依頼が終わりましたら一度事務所に戻ってきていただき、次の依頼を受けていただくことになりますが、現場が近い場合続けて行っていただくこともあるかと思います。よろしくお願いします」

最初に会ったときの興奮はどこへやら、カタリナさんは淡々と手際《てぎわ》よく業務連絡を済ませていく。

いや、マジで有能な秘書。

「シシリー様は、基本的には王都の治療院に詰めていただくことになっております。他の街や国から依頼がありましたら、そちらに出向いていただくこともありますので、よろしくお願いします」

「はい。分かりました」

「なお、基本的にナターシャさんがシシリー様のサポートとして行動を共に致します」

「サポートですか？」

シシリーは他の皆と違い、依頼を受けて動くのではなく治療院に詰めて治癒魔法士として働くことになっている。

治療院の治癒魔法士のレベルが上がっているとはいえ、まだまだシシリーには及ばない。

そんな治癒魔法士では手に負えない患者を相手にすることになっている。

ある意味、他の誰よりもキツイ仕事だ。

そんなシシリーに、ナターシャさんがサポートに付くという。

「はい。治療院は教会の付属施設です。アールスハイド王都内の治療院は問題ないかと思いますが、シシリー様は創神教の神子ではありません。中には、神子でないものが治療院で治療をすることを良く思わない輩もいるかと思われます」

カタリナさんの言葉に、俺はダームのラルフ長官のことを思い出した。

あの人は、敬虔《けいけん》な創神教教徒だった。

ただ、敬虔過ぎて俺やシシリーのことを認められず、暴走してしまった。

そういう事例があるため、周りが気を遣ったんだろう。

「ナターシャさんは、創神教において司教の座に就《つ》かれています。彼女が一緒にいれば無用なトラブルは避けられるでしょう」

「え、そうなんですか？　ナターシャさん、凄いですね！」

司教って、司祭の上だよな。

え、ナターシャさん俺らとそう歳は変わらないように見えるのに、もうそんな地位に就いてるの？

凄くね？

シシリーから褒められたナターシャさんは、頬《ほお》を赤く染めたあと、俯いてしまった。

「い、いえ……聖女様に比べたら、私など塵芥《ちりあくた》も同然でございますので……」

……尊敬の念が重いな……。

そう思っていると、突然ガバッと顔をあげた。

その表情には、断固とした決意が込められている。

さっきのは、シシリーに褒められて照れちゃっただけのようだ。

「私がいれば、頭の固い愚物《ぐぶつ》などすぐに排除してみせます！　聖女様に近付く不埒《ふらち》な輩からは命を賭してでも守ってみせます‼」

「そ、そこまでしなくていいですから！」

あまりに重いナターシャさんの愛に、シシリーが慌てて止めた。

そもそも、シシリーは聖女なんて呼ばれて治癒に特化していると思われがちだけど、魔人を単独で討伐できるほどの力を持っている。

そこらの男どころか、国に仕える軍人ですらシシリーをどうにかするなんてできないだろう。

「シシリー様のお力は存じておりますが、愚かな人間というのはどこにでも存在します。なので、行動するときは必ずナターシャさんと一緒に行動するようにお願いします」

「そうですね。分かりました」

「ナターシャさん、シシリーのこと、よろしくお願いします」

俺がナターシャさんにそう言うと、ナターシャさんは目を潤《うる》ませた。

「はい！　御使い様のご期待に副《そ》えるよう、我が身に代えても聖女様をお守りいたします！」

「命は懸けなくていいですってば！」

これなら全力でシシリーのことを守ってくれるだろうけど、自分の身が危うくなったら一緒に逃げていいからな！

俺がナターシャさんとそんなやり取りをしている後ろで、シシリーとマリアがなにやら話をしていた。

「あれ？　シシリー、ペンダント替えた？」

「え？　ああ、うん。えへへ、似合う？」

「うん、いいんじゃない？　それも可愛いよ」

シシリーとマリアがそんな会話をしている側で、ナターシャさんをなんとかなだめた俺は自分に振り分けられた依頼に目を通す。

えっと、どれどれ。

……ん？

あれ？　これ……。

え？　これも？

「あの、カタリナさん？」

「はい？　どうしました？」

「いや、あの、俺の依頼なんだけど……」

「はい」

「……なんか、メッチャ遠方の依頼が多くね？」

そう、俺に振り分けられた依頼は、どれも王都から遠く離れた場所。

中には他国というものもあった。

「ああ、それにはちゃんと理由がありますわ」

俺の疑問に答えてくれたのは、この依頼を振り分けたカルタスさんだ。

「シンさんは浮遊魔法使えますやろ？　けど、他の人は使えん」

「ですね」

「なので、浮遊魔法が使えるシンさんには、遠くの依頼をこなしてもらおうということになりまして。それが一番効率的ですから」

「そういうことか……」

確かに、普段一緒に行動しているときは皆にも浮遊魔法をかけているから一緒に飛べるが、単独では空を飛べない。

こういった依頼が俺のところに来るのは当然か。

「それで、俺の相棒って誰なの？」

「おりません」

……。

ん？

「あれ？　聞き間違えたかな？　相棒がいないって聞こえたんだけど……」

「聞き間違いやないです。シンさんには単独で依頼に当たってもらうことになってます」

「え、そうなの？」

「はい。シシリーさんが治療院専属になりますからね。一人あぶれるんです。それなら、一番の実力者で、何が起きても対処できるであろうシンさんに単独行動を取ってもらおうということになりまして」

「そうなんだ」

そういうことなら仕方ないか。

一人なら、相棒に気を遣わないで済むし、ある意味気楽かも。

「シンを一人で野に放つのか……」

「殿下、不安なのは分かりますが、ここはシン殿を信用しましょう」

ちら。

「そうで御座る。シン殿も社会人なのですから、そうそう軽率な行動は取らないで御座ろう」

ちら。

……。

ちらちらこっち見てんじゃねえよ！

「さて、では殿下とトニーさん、アリスさんとリンさん、トールさんとユリウスさん、マリアさんとユーリさん、マークさんとオリビアさんでコンビを組んでください」

カタリナさんが、コンビを組む相手も指定してきた。

そこまで決まってるのね。

「私、ユーリとなのね」

「はい、以前、私どもをお救い頂いた際は殿下とご一緒だったとお伺いしましたが、殿下はお后様のおられる身。女性と二人で任務に当たっていては不要な噂を招きかねないと判断しました」

「それもそうね。ユーリ、よろしくね」

「こちらこそぉ」

「さて、それではアルティメット・マジシャンズ、始動するぞ！」

『はい！』

最後は副長であるオーグが締めて、いよいよアルティメット・マジシャンズが始動した。

……。

代表って俺だよね？

◆

こうして始動した俺たちアルティメット・マジシャンズは、各地で起こったトラブルの解決に奔走《ほんそう》していた。

一番多いのは、やはり魔物の討伐依頼だった。

とはいえ、魔物討伐には専門のハンターがいる。

俺たちが魔物を狩り尽くしてしまうと、彼らの商売を妨害してしまうことになる。

なので、その領域には足を踏み入れないように、依頼された魔物だけを狙って討伐することが求められた。

これが結構大変で、目的の魔物以外と接触しても、極力狩らないように逃げないといけない。

魔法で吹っ飛ばしちゃえば楽なのに！　とアリスが憤慨《ふんがい》していたな。

俺は、遠方からの依頼を主にこなしていたので、実は簡単な依頼とかも多い。

別に俺らじゃなくてもって依頼もあるのだが、遠方なので騎士が派遣されることも難しいらしく、結局俺が対処のため文字通り飛び回っている。

とはいえ、そういった遠方からの依頼ならともかく、近場でそういう簡単な依頼があった場合、俺たちは受けないことになっている。

そういった依頼は不受理として放置されそうになっていたのだが、俺がある提案をしたことで解決した。

要は、俺らでなくてもいい依頼は、ハンターにお願いすればいいんじゃないかと提案したのである。

依頼料も出るので、ハンターは仕事が増える。

依頼者は問題を解決してもらえると、お互いにとって利益が出たのだ。

その結果、ハンター協会には依頼を張り出すボードが設置されたとのこと。

……あれだな、異世界小説によくある冒険者ギルド化してきたな。

そのうちランク制度とかできるんだろうか？

そんな感じで、アルティメット・マジシャンズが始動してから、色々と変わったこともあるが、俺たちは順調に仕事をこなしていた。

そんな中で、一番環境が変わった人物がいる。

シシリーだ。

仕事内容は今までと変わらず治療院勤めなのだが、変わったことがある。

他の街や他国の治療院に出向するようになった。

今まではアールスハイド王都にある治療院に詰めていたが、アルティメット・マジシャンズが始動したことで、各地から重症患者の治療依頼が入るようになった。

これは最優先の緊急依頼となり、各地から王宮に固定通信機で連絡が入り、サポートとして付いているナターシャさんの無線通信機に連絡が入る。

連絡が入ると、その都度シシリーはゲートで依頼のあった治療院に赴《おもむ》いている。

さすがに、シシリーの治療を必要とする患者《かんじゃ》というのはそうそう出るものではないが、その場合は大抵命に係わる状態なので、結構心労が溜まっていそうだ。

最近、ちょっと疲れが見える気がする。

「シシリー、大丈夫？」

俺が心配して声をかけると、シシリーは疲れた素振《そぶ》りを見せずに、ニコリと笑った。

「大丈夫ですよ。そんなにしょっちゅう呼ばれるわけではありませんし、なにより、回復したときのご家族の喜ぶ顔が見られるのが一番ですから」

シシリーはそう言うが、シシリーの仕事は命の危機に瀕《ひん》した患者の治療。

各地から王宮を経て依頼が回ってくるため、多少の時間はかかる。

各国に派遣されることが決まってから、シシリーは各地にある治療院を訪れ、ゲートですぐに行き来できるようにしていた。

これは、以前のスイードでの教訓が活かされている。

だが、いかに素早く移動できるとはいえ、瀕死《ひんし》の患者の場合……間に合わないこともある。

今までシシリーは、そういった間に合わなかった患者を何人も看取《みと》ってきた。

心労が溜まっていないはずがない。

幸いなことに、連絡からさほど間を置かずに遠方までやってくるシシリーのことを、感謝こそすれ責めるようなものはおらず、その点の心労はなさそうだった。

「まま、おつかれ？」

シルバーは、シシリーが疲れていることを敏感に感じ取ったんだろう。

気遣うようにシシリーの頭を撫《な》でている。

「大丈夫だよシルバー。ありがとね」

「むふ」

シルバーの行為に感動したのか、シシリーは頭を撫でていたシルバーを思いきり抱き締めた。

母親を案じる息子と、それに応える母。

素晴《すば》らしい光景だ。

けど……。

「シシリー！　シルバー埋まってる！」

「え？　あ！　ご、ごめんねシルバー！」

「ぷは！」

シシリーの胸に埋もれていたシルバーが、顔を出して息を吐き出した。

あぶね、シシリーの胸でシルバーが窒息《ちっそく》するとこだった。

「ご、ごめんね？」

「むう」

シシリーはシルバーに謝るが、シルバーはペチペチとシシリーの胸を叩いた。

「ごめんねってば……痛っ！」

「シシリー⁉」

シルバーに胸を叩かれていたシシリーが、突然鋭い悲鳴をあげた。

今まで赤ん坊だと思っていたけど、シルバーはもうすぐ二歳。

結構力がついてきていたのだろうか？

「大丈夫かシシリー？」

「あ、はい、大丈夫です」

もうなんともないのだろう、シシリーはいつもの笑顔を俺に向けてくれた。

シルバーは、自分の行為でママが痛がっていたという事実に驚き固まっている。

「まま、ごめちゃ」

自分が悪いことをしたと自覚しているのだろう、すぐにシシリーの胸に飛び込みごめんなさいと謝った。

「大丈夫だよシルバー。大げさにしてゴメンね」

「うう」

シシリーがそう宥《なだ》めるが、子供ながらに罪悪感があるのだろう。

中々顔をあげない。

「まあ、しばらくはそうさせておこう。でもシシリー、もし本当に疲れが溜まっているのならすぐに言うんだよ?」

「大丈夫ですって」

「……心配だな。一応ナターシャさんにも見ておくように言っておくか」

「もう、過保護すぎますよう」

シシリーはそう言うが、彼女の身になにかあったら俺は平静《へいせい》ではいられない。

俺は、ナターシャさんにシシリーの様子を見ておいてもらうこと、それと、なにかあったらすぐに連絡をするようにと依頼した。

それからしばらく、事あるごとにナターシャさんから連絡が入ることになった。

今、聖女様はご飯を食べています。

今、聖女様は本を読んでいらっしゃいます。

今、聖女様は……。

……。

行動報告しろとは言ってねえよ!

そう注意して、本当の緊急時以外は連絡をしないように念押しした。

すると、ナターシャさんからの連絡はなくなった。

シシリーを敬愛しているナターシャさんの様子からして、連絡がないということは特に問題ないということなんだと、そう思っていた。

そうして、しばらくは平穏な日々が続いた。

俺たちも事務員さんたちも仕事に慣れ、余裕ができたころ、俺の無線通信機に着信があった。

それに出ると、相手は慌てふためいたナターシャさんだった。

『御使い様大変です‼』

「ナターシャさん⁉　どうしました⁉」

この慌てよう……まさか⁉

『聖女様が……聖女様が！』

ナターシャさんは狼狽してしまって、全く話が通じない。

今どこの治療院にいるのか聞いても、シシリーが大変なんですとしか言わない。

埒が明かないので、俺は一旦ナターシャさんからの通信を切り、事務所に通信をつないだ。

そして、今シシリーがいる治療院を聞き出し、そこにゲートで向かった。

向かった先にいたのは、患者を前に呆然《ぼうぜん》と手を見ているシシリーと、必死に治療している治癒魔法士たちだった。

「どうした⁉　なにがあった⁉」

「み、御使い様⁉　あの、この方の治療が……」

治癒魔法士に促され、患者を診る。

成人男性で、頭と腹部に重傷を負い、もうすでに虫の息だ。

治癒魔法士が魔法をかけていなければもう亡くなっていてもおかしくない。

「代わります！　続けて治癒魔法をかけていてください！」

「わ、分かりました！」

こうして、俺は重症患者に治療を行った。

幸い、まだ死亡はしていなかったので、どうにか魔法で無理やりその命を繋ぎ止めた。

こういうところは前世以上だな。

前世の医療でも、さすがにあれは助からない。

「ありがとうございます！　ありがとうございます！」

その男性の奥さんと思われる人が、涙ながらに感謝を伝えてくる。

ああ、確かに、この言葉は千金に値するな。

そう思いながらシシリーを見やると、まだ両手をじっと見ていた。

「シシリー？」

「え？　あ、シン君⁉　どうしてここに⁉」

まさか、俺がここに来たことに気付いてなかった？

「どうしたんだよ？　シシリーが治療せずにぼうっとしてるなんて」

俺がそう言うとシシリーは必死に首を横に振った。

「違うんです！　魔法が……魔法が……」

「魔法が？」

俺がそう言うと、シシリーは目に涙を浮かべながら叫んだ。


「魔法が使えなくなったんです！」


その言葉は、処置室に響き渡った。

「え？　魔法が……」

「はい……」

シシリー曰く、治療院にゲートを開くところまでは魔法が使えていたらしい。

けど、実際に患者を前に治療を開始しようとしたところ、治癒魔法が発動しなかったらしい。

「魔法が使えなくなるなんて、私……わたし……」

シシリーは涙を流しながら、俺の胸に飛び込んできた。

それを受け止めつつ、俺は処置室にいる治癒魔法士さんを見た。

治癒魔法士さんも俺を見ていた。

「えっと、あの、女性の治癒魔法士の方を呼んできてもらっていいですか？」

「あ、はい。そうですよね。専門の者を呼んできます」

治癒魔法士さんはそう言うと処置室を出て行った。

「シン君……」

俺の行動の意味が分からなかったのだろう。

シシリーが不安そうな顔で俺を見てきた。

「シン君、私、病気なんですか？」

そう問われた俺は、なんと答えようか迷ってナターシャさんを見た。

目を逸《そ》らされた。

「いや、病気というかなんというか……あ、ほら、あの人に診てもらって」

ちょうどそのとき、処置室に女性の治癒魔法士さんが来たので、その人にシシリーを
預けた。

「え？　シン君は一緒に来てくれないんですか？」

「それは勘弁《かんべん》してください」

「え……」

「さあ聖女様、こちらに来てください」

一緒に来てくれというシシリーの要望を俺が断ったので、シシリーは絶望的な顔をした。

しかし、女性治癒魔法士さんはそういう患者にも慣れているのか、有無を言わさず診察室へとシシリーを連れていった。

「あの……同行されなくてよろしかったのですか？」

「……ナターシャさんはさ、そういう診察を受けているときに、恋人とか旦那さんに見られたいと思う？」

「絶対いやです」

「ですよね」

シシリーの身になにが起きているのか、ここにいるほぼ全ての人が分かっていた。

患者さんの奥さんもだ。

唯一《ゆいいつ》眠っている患者さんだけ、なにも知らないという状況。

やがて、診察室からシシリーが出てきた。

服装を直しつつ、俯き恥ずかしそうな顔で。

「シシリー」

「シン君！」

俺が呼びかけると、シシリーは目に涙を浮かべ、満面の笑みで俺に抱き着いてきた。

「シン君、私！　私！」

「駄目ですよ聖女様！　今が大事な時期なんですから、そんなに激しく動いちゃ！」

「あ、す、すみません」

シシリーを診てくれた女性治癒魔法士さんが、シシリーを窘《たしな》め、シシリーもそれに素直に応じた。

やっぱり、これは……。

「あの……」

俺は女性治癒魔法士さんに声をかけた。

すると、返ってきたのは満面の笑みと、そして……。

「おめでとうございます」

という言葉だった。

少し前に替えたペンダント。

最近思わしくなかった体調。

急に使えなくなった魔法。

そして、女性治癒魔法士さんのおめでとうございますという言葉。

それらが示すものは、一つしかない。

「聖女様は妊娠しておられます。おそらく、二ヶ月かと」

その言葉を受けて。俺はシシリーを見た。

恥ずかしそうで、それでいて嬉しそうで、とても幸せそうな笑顔を見せていた。

「シシリー‼」

「きゃっ！」

俺は思わず、シシリーを抱き締めてしまった
「ありがとう！　ありがとうシシリー‼」

「シン君……」

俺の子を身籠《みご》もってくれたシシリーに、感謝の言葉しか出てこない。

そんな俺を、シシリーは優しく抱き締め返してくれた。

「御使い様‼　妊婦をそんなに強く抱き締めてはいけません‼」

「はい‼」

女性治癒魔法士さんの一喝《いっかつ》に、慌ててシシリーから身を離した。

怖え……なんで女性の医療従事者ってこんなに怖いの？

思わず飛び退いちゃったよ。

「いいですか？　妊娠初期は非常に不安定です。安定期に入るまでは安静にしておいてくださいね」

「はい、分かりました」

「どころで、聖女様の周りにお母さまか出産経験のある方はいらっしゃいますか？」

「あ、メリダお婆様がいらっしゃいます」

「……そこで出てくる名前が導師様というのが凄いですね。そういえば、導師様もご出産の経験があるのでしたね。経験者がいらっしゃるのはいいことです。導師様の言うことを良く聞いて、無茶をしてはいけませんからね」

「はい、ありがとうございました」

シシリーはそう言って女性治癒魔法士さんに深々と頭を下げた。

「いえいえ、まさか聖女様の受胎告知をすることになるとは、創神教徒としてこれ以上ない誉れでございます」

女性治癒魔法士さんはそう言うと、処置室を出て行った。

そして、シシリーは患者さんの奥さんに向かって頭を下げた。

「なんの役にも立てず、申し訳ありませんでした」

そう言われた奥さんは、しばらく呆然としていたが、ハッと我に返ると両手を大きく振り出した。

「いえいえいいえ！　妊娠初期は魔法が使えなくなると聞きますから、お気になさらないでください！」

「でも……それに気付かずに現場に赴いたのは私の落ち度です。申し訳ありません」

「本当にもう大丈夫です！　主人も助かりましたし、なにより、聖女様の受胎告知の場に居合わせたなんて、一生の思い出になりますから！」

「そ、そうですか……」

見ず知らずの他人に、自分の受胎告知を聞かれて恥ずかしくなってしまったのだろう、真っ赤になって俯いてしまった。

「御使い様、本当にありがとうございました。お陰で主人も助かりました。これ以上望むことはありません」

「いいえ、助けられてよかったです。それと、お礼はこちらの治癒魔法士さんにもしてあげてください。旦那さんが命を繋ぎ止められたのは、こちらの治癒魔法士さんが魔法を使い続けてくれたおかげですよ」

「もちろんです。ありがとうございました！」

「いえ、お大事になさってください」

「はい。失礼します」

奥さんはそう言うと、職員に連れ出される旦那さんに付き添って処置室を出て行った。

「ふぅ……ナターシャさんから連絡をもらったときは何事かと思ったよ」

俺はこの場の雰囲気を変えようと、軽い感じでナターシャさんに話を振った。

だが、彼女は悲痛な顔をして落ち込んでいた。

「え？　なんで？」

ナターシャさんは、シシリーに異変があってすぐに俺に連絡を入れてくれた。

そのお陰で、患者さんは助かった。

どこに落ち込む要素が？

「私の……私のせいです‼」

「なにが⁉」

突然叫んだナターシャさんに驚き、思わず聞き返した。

「聖女様の体調不良に気付かずあちこち連れ回して……聖女様と御子様の身になにかあれば私の……私の命をもってしても償《つぐな》いきれません‼」

ナターシャさんはそう言うと、ワッと泣き出してしまった。

っていうか……。

「すぐに命を投げ出そうとしないでください！」

なんでこう、敬虔な創神教徒ってのは極端なんだ！

「それに、シシリーの体調不良に気付かなかったとしたら、夫である俺が一番責められるべきなんだ。ずっと一緒にいるんだからね」

「御使い様……」

「俺だって、シシリーの体調が思わしくないことは気付いていたけど、大したことないって決めつけてしまった。だから、その点ではお互い様だよ」

「でもぉ……」

これは相当気に病んでるなあ。

仕方がない。

「そこまで気にしているなら、ナターシャさんにお願いを聞いてもらっていいですか？」

「お願い……ですか？」

「ええ。シシリーはこれからしばらく魔法が使えなくなります。そうなるとシシリーはか弱い女性に過ぎない。その間、シシリーを守ってもらえますか？」

俺がそう言うと、ナターシャさんはハッとした顔をしたあと、決意に燃える目をした。

あ、復活したな。

「お任せください!!　この命に代えても聖女様と御子様を守り通してご覧《らん》に入れます!!」

……もう突っ込まないぞ。

命云々《いのちうんぬん》は彼女の口癖なんだろう。

うん、きっとそうだ。

「もう、シン君。ナターシャさんに無茶言って」

「無茶じゃないさ。シシリーが魔法を使えないのは事実だろ？　もしシシリーと子供になにかあったらと思うと……」

考えただけでどす黒い感情が湧き上がってくる。

「わ、分かりました！　分かりましたから落ち着いてください！」

シシリーの言葉でようやく落ち着いた。

「さて、とりあえず戻って報告だな。あと、治療院のローテーションも考えなくちゃ」

「そうですね。ところで」

「ん？」

「シン君の方の依頼は大丈夫なんですか？」

……。

やべ、忘れてた。

◆

『聖女シシリー懐妊《かいにん》』

その一報は、あっという間にアールスハイド中を駆け巡り、他国にまで広まった。

世界中から祝いの言葉や祝いの品がウォルフォード家に届く。

主に国家元首たちから。

……改めて言葉にしてみると、すげえな。

祝いの品だけでなく、直接訪れて祝福してくれる人もいる。

「おめでとうシシリーさん。ふふ、すでにシルバー君で子育ての経験があるとはいえ、実際に産むのは初めてね。頑張るのよ」

「は、はい。ありがとうございます教皇猊下」

シシリーにお祝いを言っているのは、創神教教皇、イース神聖国国家元首エカテリーナさんだ。

膝の上にシルバーを乗せた格好で、シシリーに祝いの言葉をかけていた。

いや、エカテリーナさん、ちょくちょく家に来るんだよ。

わざわざ俺に迎えに来いって連絡してさ。

その度にシルバーを構うもんだから、すっかり懐いちゃったよ。

教皇猊下に。

「シルバー君。シルバー君はもうすぐお兄ちゃんになるんですよ」

「にーちゃ？」

「そう、お兄ちゃん。弟かしら、妹かしらね？」

「おとーと？　いもーと？」

「ふふ、今はまだ分からなくていいわ。けど、ばーばと約束してね。シルバー君はお兄ちゃんとして、ちゃんと守ってあげてね？」

「あい！」

って、シルバーにはまだ分かんないだろうに、雰囲気で返事したな。

それよりも……。

「あの、エカテリーナさん。お願いですから、自分のこと『ばーば』って呼ばせるのやめてもらえませんか？」

「ええ？　なんで？」

「なんでって！　アンタ、シルバーのお婆ちゃんじゃないでしょうが！」

「むう、シン君の子供なんだから、私の孫でいいじゃないのよう」

「なんでそこは頑なに譲らないんだよ‼」

エカテリーナさんは、俺たちがシルバーを引き取ったそのときから、この子は自分の孫だと言い張っている。

それは、エカテリーナさんが爺さんと婆ちゃんの息子と婚約関係にあり、残念ながら結婚まえにその婚約者が亡くなってしまったことが関係している。

本来なら自分が産むはずだった爺さんと婆ちゃんの孫。

それを俺に投影しているのだ。

なので、俺はエカテリーナさんの中では息子ということになっているし、シルバーは孫なのだ。

その心情は分かる。

分かるけど、この場でそれを言うのはマズイだろ！

「ま、まさか……御使い様は教皇猊下の隠し子だったのですか……」

「ほらあっ！　早速誤解してんじゃんかよ‼」

ナターシャさんにシシリーのお世話を頼んだのだから、今日も当たり前のように一緒にいる。

敬虔な創神教徒であるナターシャさんはすんなり俺がエカテリーナさんの隠し子説を信じると思ってたよ！

「あら、ちょっとおふざけが過ぎたかしら」

「ふざけ過ぎですよ」

「え？　え？」

「ふふ、ナターシャ、シン君は私の息子ではありませんよ。まあ、息子のように思ってはいますが」

「え？　ということは……義理の息子⁉」

「違えよ‼」

この若さで司教にまで上り詰めたというのに、なぜこんなにナターシャさんは残念なのか？

正直言って、まともな聖職者ってマキナさんしか知らんぞ。

「まあ、冗談はさておき、ナターシャ。シシリーさんをお守りする任に就くそうですね」

「はい。御使い様から、そのように言って頂きました」

「よろしい。いいですか？　命に代えてもシシリーさんとお腹の子を守るのですよ！」

「はい！」

「アンタのせいかあっ！」

「え？」

事あるごとにナターシャさんが命を懸けてくるのは、エカテリーナさんの訓示のせいだったのか！

「いやあねえ、そんなことさせないわよ。言葉の綾《あや》よ、あや」

「それを信じ切っちゃってる人がいるんですけどね……」

「あら？」

あらじゃねえよ、あらじゃ。

俺の文句なんか一向に応えていない様子で、エカテリーナさんはシシリーに付いているもう一人の護衛に視線を向けた。

「ミランダさんも、シシリーさんのこと、よろしくお願いね」

「は、ははっ！　教皇猊下のご命令とあらば、私も命を賭してシシリーを守ってみせます」

「お前もか⁉」

なんでこう、エカテリーナさんに関わる人はすぐに命を投げ出したがるんだ！

「駄目だよミランダ。ミランダは友達なんだから、私の身代わりになんてなったら悲しいよ」

「え、あ、ごめん。そうだな。いざというときはシシリーを抱《だ》き抱《かか》えて逃げることにするよ」

「ふふ、お願いします」

シシリーとミランダが出会ってからもうすぐ三年。

マリアと一番仲がいいみたいだけど、シシリーとも順調に友情を育んでいたんだな。

「あらあら、ミランダさんを護衛に選んだのって、シシリーさんのお友達だから？」

「そうですね。それもありますけど、女性騎士で強いとなると、俺の知ってる中ではミランダが一番でしたから」

「そうねえ。今まで一番だったクリスティーナさんは……」

「ええ、クリスねーちゃんは……」

「「今、妊娠中だからねえ」」

そう、じつはクリスねーちゃんは結婚して、今妊娠中なのだ。

しかもその相手は……。

「まさか、ジークにーちゃんと結婚するとは思いもしなかった」

「そうか？　アタシはあの二人ほどお似合いの夫婦はいないと思っていたぞ？」

「え？　どこを見てそんなこと思ったのさ？」

顔を合わせれば喧嘩ばっかしてた二人だぞ？

今でも、二人の新居にいけば喧嘩ばっかしてる。

そんな二人が結婚するって報告しに来た時、天地がひっくり返るほど驚いたもんだ。

「アタシは、戦場であの二人が連携しているところを見ているからな。掛け声すらないほど息ピッタリだったぞ」

「そうなの？」

「ふふ、ということは、あのお二人の態度は照れ隠しだったんですね」

「いや、違うと思う」

一時は本気で憎み合ってんのかと思ってたくらいだぞ。

それも、お互いが騎士と魔法使いという立場でライバル同士だったという状況を知ってから見方が変わったけど。

「ナターシャの魔法だけでは不安があるのも事実ですから、ミランダさんが護衛に加わってくださるのはありがたいわ」

「いや、だからどの目線で話をしてるんですか？」

「え？　シシリーさんの義理の母……」

「もうやだ、この人！」

なんでそんなに拘るんだよう。

そんなことしてるから……。

「ばーば、えほん」

「あら、絵本を読んでほしいのね。ばーばに任せなさい」

「もう手遅れだ！」

シルバーは、エカテリーナさんをお婆ちゃんだと認識しちゃってるよ！

どうすんだよ⁉

「これはまた……とんでもない肩書が増えたもんだな」

「あれ？　どうしたオーグ」

シルバーがエカテリーナさんを祖母と認識してしまったことに頭を抱えていると、オーグがゲートでやってきた。

「お久しぶりですわ、シンさん」

「あれ？　珍しいなエリー」

オーグの後ろから、エリーも出てきた。

そういえば、エリーがこの家に来るのも久し振りだ。

「それで、急にどうしたんだよ。エリーまで連れて」

「いや、その、ちょっと報告があってな」

「報告？」

「ああ」

オーグはそう言うと、エリーに視線を向けた。

見つめられたエリーは、恥ずかしそうに視線を逸らし、手をお腹に当てた。

……。

え⁉

「お、おい！　まさか⁉」

「ああ。エリーもその……子を授《さず》かった」

うおお、マジか！

シシリーに続いてエリーまで！

「エリーさん！　おめでとうございます！」

「ありがとうございますシシリーさん。お互い、元気な子を産みましょうね」

「はい！」

「まあまあ、なんておめでたいのかしら！」

シルバーに絵本の読み聞かせをしていたエカテリーナさんもエリーを祝福した。

「私が見届けた夫婦に揃って子供ができるなんて！」

そういやそうだ。

俺たちとオーグ達の結婚式は、エカテリーナさんが取り仕切ってくれた。

その花嫁二人が、揃って妊娠するとは。

「素晴らしいわ！　今日はお祝いね」

「何言ってんだい、アンタはさっさと帰んな」

「ええ？　今日は大丈夫ですよう。ちゃんと執務は終わらせてきましたから」

「まったく、そういうところだけしっかりしてるねえ、アンタは」

「えへへ」

「褒めてないよ」

婆ちゃんはそう言うと、エカテリーナさんの頭をコツンと叩いた。

全然痛そうじゃないその衝撃に、エカテリーナさんの頬が緩む。

なんか、この場を一番満喫《まんきつ》しているのはエカテリーナさんで間違いないよな。

「どうだい殿下、このあと時間あるかい？」

「ええ、私たちも時間を作ってきましたので大丈夫です」

「そうかい。それじゃあ、妃殿下《ひでんか》の懐妊祝いでもしようかね」

婆ちゃんがそう言うと、皆が歓声《かんせい》をあげた。

「あ、でも、私の料理はできれば軽いものが……」

「おや？　妃殿下もつわりが重いのかい？」

「はい、食べてもすぐに戻してしまって……あっさりしたものなら大丈夫なんですが……というか、も？」

「シシリーもつわりが重くてねえ。軽いものかフルーツくらいしか口にできないんだよ」

「そうだったんですか……」

「だから、シシリーと同じ料理を二人前作れば問題ない……」

そこまで言って婆ちゃんは言葉を切り、俺の後ろを見ていた。

え？　なに？

そう思って後ろを振り向くと、そこには新たにゲートが開いていた。

「あ、ウォルフォード君、こんばんはッス」

「こ、こんばんは」

ゲートから出てきたのは、マークとオリビアの二人だった。

「なんだ、ビーンとビーン夫人ではないか。どうした？」

オーグにまたビーン夫人と呼ばれたオリビアだが、もうわたわたしていない。

それもそのはず、アルティメット・マジシャンズが始動し忙しい中ではあったが、マークとオリビアも結婚式を挙げ、正式な夫婦になったからだ。

「いえ、ちょっと報告があって」

そのマークの言葉で、俺とオーグは顔を見合わせた。

「報告って、まさか……」

「ビーン夫人まで懐妊したとか言うんじゃあるまいな？」

「え、よく分かりましたね。そうなんです、オリビアが妊娠しまして、その報告に来たんです。まさか殿下がいらっしゃるとは思いもしませんでしたけど」

その報告を聞いた途端、俺とオーグは腹を抱えて笑ってしまった。

「ちょっ、なんスか⁉　なんで笑うんスか！」

「いや、すまん。こんな偶然があるのかと思ってな」

「偶然？」

「実は、エリーも懐妊したのだ。その報告に来ていたのだ」

「え⁉　そうだったんですか⁉」

「わあっ！　エリーさん、おめでとうございます」

「ありがとうございます。オリビアさんもおめでとうございます」

「ありがとうございます！」

まさか、オリビアまで一緒のタイミングで妊娠するとは思ってもみなかった。

「あっはっは！　こりゃあめでたいねえ。よし、マーク、オリビア、あんたたちも一緒にご飯食べていきな！　ああ、心配しなくていいよ。妊婦用の軽めの食事も用意してあるから」

「折角だし、皆呼ばない？　シシリーのときも盛大に祝ってもらったんだし」

「ほっほ、そりゃあいいのう。新たな命を祝って宴会じゃの」

「そうと決まれば早速、コレル！　コレール！　宴会するよ！　準備しな！」

婆ちゃんは張り切って厨房《ちゅうぼう》へと向かっていった。

残された俺たちは、上機嫌な婆ちゃんを呆然と見送っていた。

「凄いですわね。導師様が一番パワフルですわ」

「で、ですねえ」

中でも、エリーとオリビアは気圧されっぱなしだ。

「ふふ。それはそうですよ。息子さんに孫のシン君と育ててきたんです。この中のだれよりもお元気ですよ」

そんな中、身近で見ているシシリーは婆ちゃんのことをよく理解している。

息子と娘じゃ、育てる方も全然違うっていうしな。

男ばっかり育ててるから、あんな風になっちゃったんだろう。

「シンさんを育てた……」

「確かに、パワーがいりそうです」

「あれ？」

なんか、別方向に納得してない？

ま、まあいいか。

その後、俺たちは無線通信機で皆に連絡を取り、ウォルフォード家に集合。

アルティメット・マジシャンズの事務員さんたちも呼んで宴会を開いた。

その中には、妊婦の先輩であるクリスねーちゃんもいて、結構お腹が大きくなっている。

クリスねーちゃんは、これから徐々にお腹が大きくなっていく三人に、妊婦としての心得や、用意しておいた方がいいものなどを伝えていた。

現役の妊婦からの貴重な話に、三人は真剣な顔をして聞き入っていた。

……って、エリーは王宮が全部用意してくれるんじゃねーの？

他にも、トニーと結婚したリリアさん、トールと結婚したカレンさん、ユリウスと結婚したサラさんも参加し、奥さん同士の会話に花を咲かせていた。

その宴会は、あれから毎年行っているシシリーとマリアとの合同誕生日よりも盛大で、急遽《きゅうきょ》開いたとは思えないほどの賑わいを見せていた。

ただ、これはエリーとオリビアの懐妊おめでとうパーティー。

友人たちの慶事なので、マリアとアリスも心からのお祝いをしつつも、彼氏がいないことを嘆いてまた騒ぎになるのではないかとちょっと心配していた。

けど、なぜか二人は終始上機嫌で、エリーとオリビアを祝福していた。

まあ、こんなおめでたい席でそんな不満なんて爆発させるようなことはさすがにしないか。

二人とも、もう社会人だしな。

そのときは、そう思っていたんだよなあ。

そして翌日『王太子妃御懐妊』の報がアールスハイド中を駆け巡り、シシリーの時以上の祝賀ムードに包まれたのだった。


（つづく）

番外編

盤上の戦い

「あ、今日は雨か」

クワンロンとアールスハイド、イースとの調印式を明日に控えたこの日の天気はあいにくの雨だった。

もうクワンロンでの仕事はないので、空いた時間はほぼクワンロンの首都イーロンの観光に充《あ》てていた俺たちだが、雨となるとなあ。

「今日は家にいるかな。お前らはどうする？」

俺は、リビングにいたマリアやアリスたちに聞いてみた。

「私はパス。わざわざ雨が降ってる中、外出したくないわ」

「あたしも」

「じゃあ、今日は自宅待機か……なんもすることがないなあ」

前世だったら、ゲームとかスマホとか暇つぶしの材料が沢山あったけど、この世界にそんなものはない。

「誰かボードゲームとか持ってない？　俺、家に置いてきちゃったよ」

「あー。あたしもリンと遊んでそのまま置いてきちゃった」

俺たちの中で異空間収納にボードゲームを入れているのは俺とアリスだけ。

なんか俺たちが持ってるからって誰も持っていないんだよな。

「えー？　そしたらどうやって暇つぶしすんのよ？」

「あの、もしよかったら用意しましょうか？」

自分も持ってないくせにマリアが不満の声を漏らすと、シャオリンさんがなにかを用意してくれるという。

「え？　いいんですか？」

「はい。折角ですし、クワンロンの文化にも触れて頂きたいので」

シャオリンさんはそう言うと部屋を出て行き、帰ってきたときには升目《ますめ》の描かれた板と駒のようなものを持っていた。

「これは『戦術盤』と呼ばれるもので、これが大将、その他に将軍や歩兵など色んな役割の駒を使って相手の大将を討ち取るゲームです」

え？　それって、将棋みたいなもん？

「なるほど。チェスのようなものか」

この世界、というか西方世界にはチェスがある。

多分、過去にいた転生者が広めたんだと思うけど、将棋じゃなくてチェスな辺り、ヨーロッパの人だったのかな？

「チェスはエルスにいたときに見ました。概《おおむ》ねルールは一緒ですね。ただ、違うルールがあります」

「違うルール？」

「チェスは、取った駒は再利用できませんが、この戦術盤では自分の味方として再利用することができます」

まんま将棋じゃん。

「なるほど、敵を倒すだけでなく、寝返らせるのか……」

「言い方」

そんな身も蓋もない言い方すんなオーグ。

「あはは、まあ敵でも有能な人材は登用するということで、懐の深いゲームだと思って頂ければ。では、駒の説明も兼ねて、私とリーファンで一局打ってみますね」

事前に言われていたのだろうか、リーファンさんはシャオリンさんの対面に座り戦術盤の勝負が始まった。

「この駒はこう動くことができて、これはこう……」

シャオリンさんが説明をしながらゲームを進めていく。

俺の目には、駒の形と名前が変わった将棋にしか見えなかった。

「なるほど、チェスとは動きの違う駒が結構あるのだな。それに、この駒の再利用……中々奥が深そうだ」

「そうですね。かなり奥が深いです。なのでこれを専門にするプロもいますしタイトル戦もあります」

「ほう」

そんなやり取りをしつつ局面は進んでいき、シャオリンさんがリーファンさんの大将の駒の前に自分の駒を置いた。

「王手です」

「参りました」

リーファンさんの大将駒が明らかに詰みになっている。

見れば見るほど将棋そっくりだ。

「こんな感じです。やってみますか？」

「そうだな。じゃあ、やってみるか」

俺はそう言ってリーファンさんに代わって席に着いた。

「ちょっと変わったチェスみたいなもんでしょ？　なら私がやるわ」

そう言ってシャオリンさんに代わって席に着いたのはマリアだ

「マリアってチェス得意なの？」

「よくお父様の相手してるわ」

「そうなのか」

「さあ、覚悟しなさい！　魔法では無理だけどこれなら勝てるわ！」

そう言って対局が始まったのだが……。

「……ま、参りました……」

マリアが項垂《うなだ》れながらそう言った。

「ちょっと！　シンの家でチェス盤なんて見たことないんだから、やったことないんでしょ⁉　なんでこんなに強いのよ！」

「あはは、まあ、これと似た奴を前世でよくやってたからな」

スマホのアプリだけど。

「ぐぬぬ……前世の経験を忘れてたわ……」

「まあ、チェスは前世でもやったことないんだけどな。これなら自信がある」

「ほう、なら次は私が相手になろうか」

項垂れるマリアに代わり、オーグが席に着いた。

「そういや、オーグもチェスはやるのか？」

「多少な」

オーグなら嗜《たしな》んでいても不思議はないか。そう思って対局を始めたのだが……。

あれ？

え、そんな手が⁉

あ！　さっきここに置いた駒がそんな役割を！

あ、あ、あああ！！？？

「ま、参りました……」

オーグにあっさりやられてしまった。

「え？　オーグ、メッチャ強くね？」

「それはそうでしょう」

俺の疑問にトールが答えた。

「殿下は、アールスハイドのチェス国内王者ですから」

「……」

マジかよ。

「完璧王子……」

オーグがそう言われているのがよく分かった。


（おわり）

あとがき

『賢者《けんじゃ》の孫《まご》』十四巻をご覧いただき、ありがとうございます。

吉岡剛《よしおかつよし》です。

この十四巻では、以前から考えていた話を色々と出すことができました。

まあ、一番としてはシンに前世の記憶があることをカミングアウトさせたことでしょうか。

いつバラすか、それとも最後まで隠し通していくのか悩んだ時期もありましたが、ここまでくればシンに別世界の記憶があることが露見《ろけん》しても周りから変な目で見られることはないいんじゃないかなと思ってカミングアウトさせました。

まあ、周りの反応はああなってしかるべきですね。

正直、これで色々と話が進めやすくなりそうだなと思っています。

あともう一つ書きたかった話としては、今の文明の前に高度に発達した文明が存在したという話です。

地球ではムーとかアトランティスとか、それこそおとぎ話でしか語られない話ですが、それが実際にあったとしたらどうだろうかと。

自分の作った世界でなら、実際にそんな文明が存在していたことにできるんじゃないかと前から思っていたので、今回それが書けて良かったです。

とはいえ、前文明はクズの集まりみたいな感じになってしまいましたが……。

そしてクワンロン編はこの巻で終了となります。

三巻も続く予定ではなかったのですが、なんか気が付いたらこれだけ続いていました。

お付き合いくださり、ありがとうございます。

この巻の終わりからアールスハイドに戻っていますが、次回からしばらく日常回が続きますかね？

自分の場合、キャラクターが動くままに話を書いているので、次にどんな展開になるのか自分でも分かりません。

毎回担当さんにプロットを出すのですが、その通りに書けたためしがありません。

書いている途中で、こっちの方が面白いな、とか、こうした方がいいかなとか考え出してしまうのですよねえ……。

あと、ちょっと気になる伏線《ふくせん》を張ったキャラがいるので、それをなんとかしたいとも思っていますし。

当初はそんな予定はなかったのですが、改めてキャラクターの相関関係を考えていると、あれ？　この組み合わせはいいんじゃね？　と思ってしまったので。

『賢者の孫』に出てくるキャラクターたちは、自分で生み出した子供たちみたいなものなので、できれば皆に幸せになってもらいたいと思っています。

他にも色々と回収しないとな……。

さて、これを書いているのは年明けすぐの緊急事態宣言の真《ま》っ只中《ただなか》でございます。

この十四巻が発売される頃には、少しでも事態は好転しているのでしょうか？

それとも、今のままなのでしょうか？

先行きの全く見えない状況ですが、今後少しでも事態が良くなることを信じてお互いに頑張っていきましょう。

この非常事態に自分ができることなど何もありませんが、少しでも皆さんの心の癒《い》やしになれればと思っています。

それでは謝辞《しゃじ》を。

ずっとお付き合いいただいている担当S氏。

自分も中々出社できない中で色々と骨を折ってくださり、ありがとうございます。

次こそはちゃんと締め切りを守ります……。

毎度素晴《すば》らしいイラストを描いてくださる菊池先生《きくちせんせい》。

私の原稿が遅いばっかりに、菊池先生には負担をかけてしまっていると思います。

申し訳ございません。

そんな中でも妥協のない素晴らしいイラストを描いていただけていることを本当に幸せに思います。

漫画担当の緒方《おがた》先生、清水《しみず》先生、西沢《にしざわ》先生、石井《いしい》先生。

ネームや原稿が届くのを毎回楽しみにしております。

緒方先生には本編の緊迫《きんぱく》した状況を美麗《びれい》にド迫力で描いていただいています。

清水先生にはマーリンたちのつらい過去を悲愴《ひそう》感《かん》たっぷりに描いていただいています。

西沢先生の描くメイちゃんたちは可愛くてしょうがないです。

石井先生は、最近オリジナルの話をよく描いてくださっていて、申し訳なく思うと同時に楽しみにもしております。

これだけ沢山の素晴らしい方たちに支えられている自分は本当に幸せ者です。

なにより、この『賢者の孫』を読んでくださっている読者の方に一番の感謝を伝えたいと思います。

本当にありがとうございます。

これからも『賢者の孫』を、どうぞよろしくお願い致します。

二〇二一年　三月　吉岡　剛

■新制服について
まだまだ模索中です…。
色々難しい。
twitter.com/S_kikuchi

■ご意見、ご感想をお寄せください。……………………………………………

ファンレターの宛て先
〒102-8177　東京都千代田区富士見2-13-3　ファミ通文庫編集部
吉岡 剛先生　　菊池政治先生

FB ファミ通文庫

賢者《けんじゃ》の孫《まご》14
栄耀栄華《えいようえいが》の新世界《しんせかい》

1786

2021年3月30日　初版発行

◇◇◇

著　者　吉岡《よしおか》 剛《つよし》
発行者　青柳昌行
発　行　株式会社KADOKAWA
〒102-8177 東京都千代田区富士見2-13-3
電話 0570-002-301（ナビダイヤル）
編集企画　ファミ通文庫編集部
デザイン　coil 世古口敦志
写植・製版　株式会社スタジオ205
印　刷　凸版印刷株式会社
製　本　凸版印刷株式会社

ISBN978-4-04-736507-0 C0193